Das Buch
Beaufort, North Carolina, 1958. Landon Carte ist mit seinen siebzehn Jahren ein ganz normaler Jugendlicher, der seinen Vater, einen vielbeschäftigten Kongreßabgeordneten, vermißt und sich mit seinen Freunden nach der Schule in der Kneipe trifft. Jamie, ebenfalls im letzten High-School-Jahr, ist so ziemlich das Gegenteil von ihm, und das nicht nur, weil sie die Tochter von Reverend Sullivan ist, der sonntags gegen die Versuchung anpredigt, sondern auch, weil sie so unendlich lieb und gut ist, vielleicht zu gut für die Dorfjugend. Dass ausgerechnet Landon gemeinsam mit der Baptistentochter in den Proben zur diesjährigen Weihnachtsaufführung landet, ist selbstverständlich nur ein dummer Zufall, wie er seinen Kumpels beteuert. Doch Landon stellt an Jamie plötzlich Charakterzüge fest, die ihn zunehmend faszinieren, und so langsam muß er sein Bild von dem langweiligen Mädchen korrigieren.

Regisseur Adam Shankman (*The Wedding Planner*) verfilmte den Bestseller von Nicholas Sparks mit Mandy Moore (*Princess Diaries, Dr. Doolittle*), Shane West (*Liberty Heights, Dracula*), Daryl Hannah (*Roxanne, Wall Street*) und Peter Coyote (*Erin Brockowich, E.T.*) in den Hauptrollen.

Der Autor
Nicholas Sparks, 1965 in Nebraska geboren, lebt zusammen mit seiner Frau und seinen fünf Kindern in North Carolina. Mit seinen Romanen, die ausnahmslos die Bestsellerlisten eroberten und in 46 Ländern erscheinen, gilt Sparks als einer der meistgelesenen Autoren der Welt. 1999 eroberte bereits die Sparks-Verfilmung *Message in a Bottle* mit Kevin Costner, Robin Wright Penn und Paul Newman in den Hauptrollen weltweit das Kinopublikum.

Im Heyne Taschenbuch bisher erschienen:
Wie ein einziger Tag (01/10470), *Weit wie das Meer* (01/10840), *Zeit im Wind* (01/13221), *Das Schweigen des Glücks* (01/13473), *Die Suche nach dem verborgenen Glück* (mit Billy Mills 01/13587), *Weg der Träume* (01/13664)

NICHOLAS SPARKS

NUR MIT DIR

Der Roman zum Film

Aus dem Amerikanischen
von Susanne Höbel

WILHELM HEYNE VERLAG
MÜNCHEN

HEYNE ALLGEMEINE REIHE
Nr. 01/20089

Die Originalausgabe
A WALK TO REMEMBER
erschien bei Warner Book Inc., New York

Umwelthinweis:
Dieses Buch wurde auf
chlor- und säurefreiem Papier gedruckt.

Der Roman erschien bereits in der Allgemeinen Reihe
unter dem Titel »Zeit im Wind« (01/13221).

Taschenbuchausgabe 11/2002
Copyright © 1999 by Nicholas Sparks
Copyright © der deutschsprachigen Ausgabe 1999 by
Wilhelm Heyne Verlag GmbH & Co. KG, München
Printed in Germany 2002
Umschlag- und Innenillustrationen: © 2001 Di Novi Pictures
Produktion / Pandora
Umschlaggestaltung: Nele Schütz Design, München,
Druck und Bindung: Elsnerdruck, Berlin

ISBN: 3-453-20942-7

http://www.heyne.de

Für meine Eltern, in Liebe und Erinnerung

Patrick Michael Sparks (1942-1996)
Jill Emma Marie Sparks (1942-1989)

Und für meine Geschwister, aus ganzem Herzen

Micah Sparks
Danielle Lewis

Als ich siebzehn war, veränderte sich mein Leben für immer.

Ich weiß, es gibt Menschen, die mich verwundert anschauen, wenn ich das sage. Sie betrachten mich fragend, als wollten sie ergründen, was sich damals zugetragen haben könnte, aber ich mache mir selten die Mühe, es zu erklären. Weil ich den größten Teil meines Lebens hier verbracht habe, finde ich, daß ich das nicht zu tun brauche, es sei denn, ich tue es auf meine Art, und dann würde es länger dauern, als den meisten lieb ist. Meine Geschichte läßt sich nicht in zwei, drei Sätzen zusammenfassen; man kann sie nicht sauber und ordentlich in einen kurzen Bericht packen, so daß jeder sofort im Bilde ist. Obwohl inzwischen vierzig Jahre vergangen sind, akzeptieren die Menschen, die immer noch hier leben und mich damals kannten, daß ich keine Erklärungen abgeben möchte. In gewisser Weise ist meine Geschichte auch ihre Geschichte, weil wir sie alle durchgemacht haben.

Nur war ich derjenige, der am nächsten dran war.

Jetzt bin ich siebenundfünfzig, aber selbst heute kann ich mich an alles in jenem Jahr erinnern – bis in die kleinste Einzelheit. Ich versetze mich oft zurück in dieses Jahr und durchlebe es aufs neue, und dann steigt immer eine seltsame Mischung aus Traurigkeit und Freude in mir auf. Es gibt Momente, da wünsche ich mir, die Zeit zurückdrehen und die Traurigkeit herausnehmen zu können, aber mein Gefühl sagt mir, daß die Freude auch verschwinden würde, wenn ich das täte. Also nehme ich die Erinnerungen, wie sie kommen, akzeptiere sie alle und lasse mich von ihnen führen, so oft das möglich ist. Das passiert häufiger, als ich zugebe.

Es ist der 12. April im Jahr vor der Jahrtausendwende. Beim Verlassen des Hauses sehe ich mich um. Der Himmel ist bewölkt und grau, aber als ich die Straße entlanggehe, sehe ich, daß der Hartriegel und die Azaleen schon blühen. Ich ziehe den Reißverschluß an meiner Jacke ein wenig höher. Es ist kühl, aber ich weiß, daß es nur ein paar Wochen dauern wird, bevor die Temperaturen wieder angenehm sind und die grauen Wolken den blauen Himmel freigeben, der North Carolina zu einer der schönsten Gegenden der Welt macht.

Ich seufze und spüre, wie alles wieder zurückkommt. Ich schließe die Augen, die Jahre rollen rückwärts, langsam tickend, wie die Zeiger einer Uhr, die sich in die falsche Richtung bewegen. Wie durch die Augen eines anderen beobachte ich, daß ich jünger werde; sehe, wie mein graues Haar wieder braun wird, fühle, wie sich die Fältchen um meine

Augen glätten und meine Arme und Beine sehnig werden. Einsichten, die ich mit dem Alter erworben habe, verblassen, meine Naivität nimmt zu, während sich dieses ereignisreiche Jahr nähert.

Dann beginnt sich auch die Welt zu verändern: Straßen werden enger und sind unbefestigt, die sich über das Land ausdehnenden Vororte weichen wieder Feldern, die Straßen der Stadt sind belebt von Menschen, die auf dem Weg an Sweeneys Bäckerei und Palkas Fleischerei vorbei in die Schaufenster gucken. Die Männer tragen Hüte, die Frauen Kleider. Am Gerichtsgebäude oben an der Straße läutet die Glocke ...

Ich schlage die Augen auf und halte inne. Ich stehe vor der Baptistenkirche, und als ich den Blick zum Giebel hebe, weiß ich genau, wer ich bin.

Ich heiße Landon Carter und bin siebzehn Jahre alt.

Dies ist meine Geschichte. Ich verspreche, daß ich nichts auslassen werde.

Erst werden Sie lächeln, dann werden Sie weinen – aber sagen Sie nicht, ich hätte Sie nicht gewarnt!

Los geht's.

Kapitel 1

1958 war Beaufort, North Carolina – es liegt an der Küste in der Nähe von Morehead City –, ein Städtchen wie viele andere im Süden auch. Im Sommer war hier die Luftfeuchtigkeit so hoch, daß man sich jedesmal, wenn man die Post hereinholte, so fühlte, als käme man gerade aus der Dusche, und die Kinder liefen von April bis in den Oktober hinein barfuß unter Eichen herum, die mit Louisiana-Moos bewachsen waren. Die Leute winkten von ihren Autos aus jedem zu, den sie sahen, auch wenn sie ihn nicht kannten, und die Luft roch nach Kiefern, Salz und Meer in einer Mischung, die einzigartig für die Carolina-Staaten war. Für viele Menschen war der Fischfang im Pamlico Sound oder das Krabbenfischen im Neuse River ihr Lebensinhalt, und wo immer man auf den Intracoastal Waterway stieß, sah man vertäute Boote liegen. Im Fernsehen konnte man nur drei Sender empfangen, aber das Fernsehen hatte für uns, die wir hier aufwuchsen, nie eine besonders große Bedeutung. Unser Leben spielte sich statt dessen um die Kirchen herum ab, von denen es allein innerhalb der Stadtgrenzen achtzehn gab. Sie hatten klangvolle Namen wie Gemeinde gläubiger Christen, Kirche der Vergebung Empfangenden und Kirche der sonntäglichen Sühne, und dann gab es die Baptisten-Kirchen. In meiner Kindheit war das bei weitem die beliebteste Konfession im ganzen Umkreis, und es gab Baptisten-Kirchen an fast jeder Straßenecke, von denen sich jede allen anderen überlegen fühlte. Es gab Baptisten-Kirchen jeglicher Beschreibung – Baptisten des freien Willens, Südstaaten-Baptisten, Baptisten des Südens, Freie Baptisten, Missionarische Baptisten, Unabhängige Baptisten... na, man kann sich leicht ein Bild machen.

Damals wurde das große Ereignis des Jahres von der Baptisten-Kirche in der Stadt – den Baptisten des Südens, genauer gesagt – zusammen mit der High School auf die Beine gestellt. Jedes Jahr inszenierten sie ein Krippenspiel im Beaufort Playhouse. Eigentlich war es ein Theaterstück, das Hegbert Sullivan geschrieben hatte, der Pfarrer der Kirche, der dieses Amt mindestens seit der Zeit, als Moses die Israeliten durch die Wüste geführt hatte, ausübte. Na gut, vielleicht war er nicht ganz so alt, aber er war so alt, daß seine Haut fast durchsichtig war – die Kinder behaupteten steif und fest, sie könnten das Blut in seinen Adern fließen sehen. Irgendwie war sie immer auch etwas feucht, und sein Haar war so weiß wie das Fell der Kaninchen, die zu Ostern in den Tierhandlungen zu haben sind.

Also, er hatte das Stück geschrieben – es hieß DER WEIHNACHTSENGEL –, weil er nicht immer den alten

Dickens-Klassiker »Ein Weihnachtslied« aufführen wollte. Seiner Ansicht nach war Scrooge ein Heide, der nur deswegen auf den richtigen Weg gebracht wurde, weil er Geister sah, und keine Engel, doch wer konnte schon genau wissen, ob sie wirklich von Gott gesandt waren? Und wer konnte wissen, ob er nicht sein altes, sündiges Leben wiederaufnehmen würde, wenn sie nicht direkt vom Himmel kamen? In dem Stück erfährt man das am Schluß nicht richtig – es geht dabei um Gottvertrauen –, und Hegbert traute den Geistern nicht, wenn sie nicht von Gott kamen, und weil das nicht klipp und klar gesagt wurde, hatte er seine Probleme mit dem Stück. Ein paar Jahre zuvor hatte er das Ende umgeschrieben, hatte sozusagen seinen eigenen Schluß angehängt, in dem Scrooge Prediger wird und sich auf den Weg nach Jerusalem macht, wo er den Ort finden will, an dem Jesus die Schriftgelehrten unterrichtet hatte. Das kam nicht besonders gut an – auch nicht bei der Gemeinde, die dem Stück mit weit aufgerissenen Augen folgte, und in den Zeitungen stand danach ungefähr: »Obwohl es natürlich interessant war, so war es doch nicht das Stück, das wir alle kennen- und lieben gelernt haben...«

Also versuchte Hegbert es mit einem Stück aus eigener Feder. Er hatte sein Leben lang seine Predigten selbst geschrieben, von denen manche, das mußten wir zugeben, wirklich spannend waren: besonders die, in denen er davon sprach, daß sich »der Zorn Gottes über die Unzuchttreibenden ausgießen werde«, und solche aufregenden Dinge. Ich muß schon sagen, das brachte sein Blut mächtig in Wallung, wenn er von den Unzuchttreibenden sprach. Das war ein heißes Thema für ihn. Als wir noch jünger waren, haben meine Freunde und ich uns im Gebüsch versteckt und gerufen: »Hegbert ist ein Unzuchttreibender«, wenn wir ihn auf der Straße sahen, und dann haben wir wie die Blöden gekichert, als wären wir die witzigsten Wesen unter der Sonne.

Und Hegbert, der Alte, blieb dann wie angewurzelt stehen. Seine Ohren richteten sich auf – sie bewegten sich wirklich, kein Witz –, dann lief er dunkelrot an, als hätte er gerade Benzin getrunken, und seine dicken, grünen Adern am Hals und überall schwollen so stark an, daß sie aussahen wie der Amazonas auf den Landkarten in der Zeitschrift *National Geographic*. Er blickte von rechts nach links, seine Augen wurden kleine Schlitze, während sie uns zu erspähen versuchten, und dann wurde er ganz plötzlich wieder blaß und kriegte wieder das fischige Aussehen, genau vor unseren Augen. Junge, war das ein Anblick!

Wir versteckten uns also hinter einem Baum, und Hegbert (welche Eltern nennen eigentlich ihr Kind Hegbert?) wartete, daß wir uns ergeben würden, als hielte er uns für so dumm. Wir preßten die Hände auf den Mund, um nicht laut loszulachen, aber irgendwie entdeckte er uns jedesmal. Eine Weile guckte er von einer Seite zur anderen, plötzlich hielt er den Kopf still, und seine knopfartigen Augen sahen uns direkt an, durch den Baum hindurch. »Ich kenne dich, Landon Carter«, sagte er dann, »und der Herr kennt dich auch.« Das ließ er einen Moment lang wirken, bis er sich endlich wieder in Bewegung setzte. Bei der Predigt am Sonntag darauf richtete er den Blick genau auf uns und sagte: »Gott ist barmherzig zu den Kindern, aber die Kinder müssen sich dessen auch wert erweisen.« Und wir rutschten auf unserer Bank tiefer, nicht aus Scham, sondern damit er nicht merkte, daß wir erneut losprusteten. Hegbert konnte nichts mit uns anfangen, was eigentlich ein bißchen komisch war, wo er doch auch ein Kind hatte. Das war allerdings ein Mädchen. Mehr darüber später.

Jedenfalls schrieb Hegbert in einem Jahr DER WEIHNACHTSENGEL und beschloß, es statt »Ein Weihnachtslied« aufzuführen. Das Stück ist gar nicht so schlecht, was alle in dem Jahr, als es zur Premiere kam, überraschte. Im Grunde genommen ist es die Geschichte von einem Mann, der ein paar Jahre zuvor seine Frau verloren hat. Der Mann, er heißt Tom Thornton, war früher sehr gläubig gewesen, aber sein Gottvertrauen war erschüttert worden, als seine Frau bei der Geburt ihres Kindes starb. Jetzt zieht er das Kind ganz allein auf, aber er ist kein besonders guter Vater. Zu Weihnachten möchte nun das kleine Mädchen eine bestimmte Spieldose mit einem geschnitzten Engel obendrauf haben. Ein Bild davon hat sie aus einem Katalog ausgeschnitten. Der Mann sucht überall nach dem Geschenk, kann es aber nirgendwo finden. So wird es Heiligabend, und er sucht immer noch. Während er durch die Geschäfte geht, begegnet er einer Frau, die er noch nie zuvor gesehen hat. Sie verspricht ihm, das Geschenk für seine Tochter zu finden. Doch zuerst helfen sie einem Obdachlosen (damals nannte man solche Leute faules Gesindel), dann gehen sie zu den Kindern im Waisenhaus, und schließlich besuchen sie eine einsame alte Dame, die am Heiligabend ein bißchen Gesellschaft haben möchte. Die geheimnisvolle Frau fragt Tom Thornton, was er sich zu Weihnachten wünsche, und er sagt, er möchte seine Frau zurückhaben. Sie geht mit ihm zu einem Springbrunnen auf einem Platz und fordert ihn auf, er solle ins Wasser blicken, dort würde er sehen, was er suche. Als er ins Wasser schaut, sieht er das Gesicht seiner kleinen Tochter und fängt an zu weinen. Während er schluchzt, verschwindet die geheimnisvolle Frau; Tom Thornton sucht nach ihr, kann sie aber nirgendwo finden. Endlich schlägt er den Weg nach Hause ein und denkt über das nach, was er an dem Abend gelernt hat. Er geht in das Zimmer seiner Tochter, und beim Anblick des schlafenden Mädchens begreift er, daß sie das einzige ist, was ihm von seiner Frau geblieben ist. Wieder steigen die Tränen in ihm auf, weil er weiß, daß er ihr kein besonders guter Vater gewesen ist. Am nächsten Morgen steht, wie durch ein Wunder, die Spieldose unter dem Baum, und der geschnitzte Engel auf dem Deckel sieht genauso aus wie die Frau, der er am Abend zuvor begegnet war.

Das Stück ist also gar nicht so übel. Man muß sogar sagen, daß die Zuschauer bei der Aufführung jedesmal massenhaft Tränen vergießen. Das Stück ist jedes Jahr ausverkauft, und weil es so beliebt ist, mußte Hegbert es schließlich im Beaufort Playhouse aufführen statt in der Kirche, weil das viel mehr Plätze hat. Als ich in meinem letzten Schuljahr in der High School war, wurde das Stück jedes Jahr zweimal vor ausverkauftem Haus gespielt, was, wenn man bedenkt, daß es von Laien aufgeführt wurde, ein richtiger Erfolg war.

Hegbert wollte nämlich, daß das Stück von jungen Leuten gespielt wurde, und zwar von der Abschlußklasse, und nicht von den Schauspielern am Theater. Vermutlich dachte er, es würde den Schülern das Rückgrat stärken, bevor sie aufs College gingen und es mit all den Unzuchttreibenden zu tun bekamen. So einer war er nämlich: Er wollte einen immer vor der Versuchung bewahren. Wir sollten lernen, daß Gott über einen wacht, selbst wenn man fern von zu Hause ist, und daß sich alles zum Guten wendet, wenn man auf Gott vertraut. Ich lernte diese Lektion zu guter Letzt auch, allerdings nicht von Hegbert.

Wie schon gesagt, Beaufort ist eine ziemlich typische Südstaatenstadt, jedoch eine mit einer interessanten Geschichte. Blackbeard, der Pirat, hat hier einmal ein Haus gehabt, und angeblich liegt sein Schiff, die *Queen Anne's Revenge*, vor der Küste auf dem Meeresboden begraben. Vor kurzem haben ein paar Archäologen oder Ozeanographen oder wie die Leute heißen, die so etwas erforschen, behauptet, sie hätten es gefunden, aber bisher ist sich keiner sicher, und da es vor 250 Jahren gesunken ist, kann man ja auch nicht einfach die Papiere von so einem Kahn aus dem Handschuhfach herausholen und die Daten ablesen.

Beaufort hat sich seit den fünfziger Jahren ziemlich verändert, aber es ist auch jetzt nicht das, was man eine Metropole nennen würde. Beaufort war schon immer eher klein und wird es auch bleiben, aber als ich dort Kind war, konnte es kaum Anspruch darauf erheben, auf der Landkarte verzeichnet zu werden. Um die Relationen aufzuzeigen: Der Wahlbezirk für den Kongreß, zu dem Beaufort gehörte, umfaßte den ganzen östlichen Staat – ein Gebiet von gut zwanzigtausend Quadratmeilen –, und darin befand sich nicht eine einzige Stadt mit mehr als 25000 Einwohnern. Und selbst im Vergleich zu diesen Städten war Beaufort klein. Alles östlich von Raleigh und nördlich von Wilmington, bis hin zu der Grenze mit Virginia gehörte zu dem Bezirk, für den mein Vater Kongreßabgeordneter war.

Er ist ja kein Unbekannter. Gewissermaßen ist er eine Legende, selbst jetzt noch. Sein Name ist Worth Carter, und er war fast dreißig Jahre lang Kongreßabgeordneter. Sein Slogan, den er alle zwei Jahre für die Wahlen wiederbenutzte, lautete: »Worth Carter für _____« – und da sollte man den Namen der Stadt einsetzen, in der man lebte. Ich kann mich an Reisen erinnern, bei denen Mom und ich mit auftreten mußten, um den Wählern zu zeigen, daß mein Vater ein echter Familienmensch war. Da sahen wir diese großen Schilder, auf denen Namen wie Otway und Chocawinity und Seven Springs eingetragen waren. Heute könnte man damit keinen Blumentopf mehr gewinnen, aber damals war das eine ziemlich raffinierte Werbestrategie. Ich könnte mir vorstellen, daß politische Gegner alle möglichen Schimpfwörter an die freie Stelle setzen würden, wenn man heute mit dieser Methode käme, aber so etwas haben wir damals nie gesehen. Gut, vielleicht einmal. Ein Farmer aus Duplin County hatte das Wort »Schiet« eingesetzt, und als meine Mutter das sah, legte sie mir die Hände vor die Augen und sprach ein Gebet für den armen Schlucker, der es nicht besser wußte. Das waren nicht die Worte, die sie benutzte, aber ich verstand sehr wohl, worum es ging.

Mein Vater, der Herr Kongreßabgeordnete, war also ein wichtiger Mann, und alle, ich meine alle, einschließlich des alten Hegberts, waren sich darüber im klaren. Die beiden hatten keinen besonders guten Draht zueinander, überhaupt nicht, obwohl mein Vater immer in die Kirche ging, wenn er zu Hause war, was zugegebenermaßen nicht besonders oft war. Hegbert glaubte nicht nur, daß alle Unzuchttreibenden in der Hölle die Pissoirs saubermachen müßten, sondern er hielt auch den Kommunismus für »eine Krankheit, der die Menschheit zur Heidenheit verdammte«. Obwohl es das Wort Heidenheit gar nicht gibt – ich kann es in keinem Wörterbuch finden –, wußte die Gemeinde, was er meinte. Sie wußten auch, daß er seine Worte speziell an meinen Vater richtete, der mit geschlossenen Augen dasaß und so tat, als hörte er nicht zu. Mein Vater war in einem dieser Komitees der Regierung, die die »ROTE UNTERWANDERUNG« in Schach halten sollten, die sich angeblich überall im Lande, im Verteidigungswesen, im Bildungswesen und selbst im Tabakanbau, bemerkbar machte. Man muß bedenken, daß das während des kalten Krieges war; die Lage war sehr angespannt, und wir in North Carolina brauchten eine Person, an der wir die Spannung festmachen konnten. Die Aufgabe meines Vaters war es lediglich, Fakten festzustellen, was aber für jemanden wie Hegbert irrelevant war.

Wenn wir nach dem Gottesdienst wieder zu Hause waren, sagte mein Vater zum Beispiel: »Pfarrer Sullivan war ja prächtig in Form heute. Ich hoffe, du hast den Teil von der Lesung mitbekommen, wo Jesus von den Armen spricht...«

Ja klar, Dad...

Mein Vater versuchte, jeder Situation die Spitze zu nehmen. Ich glaube, deswegen ist er so lange Kongreßabgeordneter geblieben. Auch wenn er das häßlichste Baby der Welt tätschelte, fiel ihm noch etwas Nettes ein. »So ein braves Kind«, sagte er, wenn ein Baby einen Kopf wie einen Kürbis hatte, oder: »Bestimmt ist sie ein richtiger Sonnenschein«, wenn es ein Muttermal über das ganze Gesicht hatte. Einmal kam eine Frau mit einem Kind, das im Rollstuhl saß. Mein Vater warf einen Blick auf den Jungen und sagte: »Ich wette eins zu zehn, du bist der klügste in deiner Klasse.« Und es stimmte! Ja, so was konnte mein Vater sehr gut. Er konnte mit den besten mithalten, daran besteht kein Zweifel. Und so übel war er auch nicht, um ehrlich zu sein, wenn man bedenkt, daß er mich nicht geprügelt hat oder so.

Aber er war nie da in meiner Kindheit. Ich sage das nicht gern, weil die Leute das heutzutage vorbringen, auch wenn der Vater da war, um damit ihr Verhalten zu entschuldigen. »*Mein Dad ... er hat mich nie geliebt ... deswegen bin ich Stripperin geworden und in der Jerry-Springer-Show aufgetreten ...*« Ich benutze es nicht als Entschuldigung dafür, daß ich so geworden bin, wie ich bin; es war einfach eine Tatsache. Mein Vater war neun Monate im Jahr nicht da und lebte dreihundert Meilen entfernt in Washington D.C. in einem Apartment. Meine Mutter ist nicht mit ihm gegangen, weil sie sich darüber einig waren, daß ich »so aufwachsen sollte wie sie beide«.

Natürlich hat mein Großvater meinem Vater das Jagen und Fischen beigebracht, hat mit ihm Ball gespielt, war bei den Geburtstagsfesten dabei – all die kleinen Sachen, die ganz schön wichtig sind, bevor man erwachsen wird. Mein Vater hingegen war ein Fremder, ich kannte ihn kaum. Die ersten fünf Jahre meines Lebens dachte ich immer, alle Väter wohnten woanders. Erst als Eric Hunter, mein bester Freund im Kindergarten, mich fragte, wer der Mann sei, der am Abend zuvor bei mir zu Hause aufgetaucht war, wurde mir klar, daß irgendwas nicht stimmte. »Das war mein Vater«, erklärte ich stolz. »Ach ...«, sagte Eric und durchwühlte meine Brotdose nach einem Milky Way. »Ich wußte gar nicht, daß du einen Vater hast.«

Man nennt so was einen Schlag ins Gesicht.

Ich wuchs also in der Obhut meiner Mutter auf. Sie war eine sehr nette Frau, lieb und freundlich, die Art Mutter, wie man sie sich erträumt. Aber sie war kein männlicher Einfluß in meinem Leben und konnte es auch nicht sein, und das, gekoppelt mit meiner wachsenden Enttäuschung über meinen Vater, machte mich schon in jungen Jahren etwas rebellisch. Nicht, daß ich ein schlimmer Rebell war. Meine Freunde und ich haben uns nur nachts manchmal davongeschlichen und Autoscheiben mit Seife eingeschmiert, oder wir haben Erdnüsse auf dem Friedhof hinter der Kirche gegessen, aber in den fünfziger Jahren veranlaßte das andere Eltern dazu, den Kopf zu schütteln und ihren Kindern zuzuflüstern: »Werd du nur nicht wie dieser Junge von den Carters! Der ist auf dem besten Weg ins Gefängnis.«

Ich. Ein ganz Schlimmer? Weil ich Erdnüsse auf dem Friedhof gegessen habe? Daß ich nicht lache.

Mein Vater und Hegbert kamen also nicht miteinander klar, aber das lag nicht nur an der Politik. Nein, anscheinend kannten sich mein Vater und Hegbert aus ferner Vergangenheit. Hegbert war ungefähr zwanzig Jahre älter als mein Vater, und bevor er Pfarrer wurde, hatte er für meinen Großvater gearbeitet – den Vater meines Vaters. Mein Großvater hatte zwar viel Zeit mit seinem Sohn verbracht, aber er war trotzdem ein echter Mistkerl, daran besteht kein Zweifel. Er war übrigens auch derjenige, der das Familienvermögen angehäuft hatte, aber man darf ihn sich nicht als jemanden vorstellen, der hart gearbeitet und dafür gesorgt hatte, daß sein Geschäft mit der Zeit wuchs und gedieh. Mein Großvater war viel schlauer, und sein Geld machte er auf viel einfachere Art: Er fing als Schwarzbrenner an und wurde während der Prohibition reich, indem er Rum aus Kuba einschmuggelte. Später kaufte er Land und setzte Pächter darauf, er nahm neunzig Prozent des Ertrags, den die Pächter aus ihrer Tabakernte erwirtschafteten, dann lieh er ihnen Geld, wenn sie es brauchten, und verlangte horrende Zinsen. Natürlich wollte er das Geld nie zurückgezahlt haben, statt dessen erwirkte er die Zwangsvollstreckung auf das Land oder ihre Gerätschaften. In einem »Augenblick der Inspiration«, wie er es nannte, gründete er daraufhin eine Bank, die *Carter Banking and Loan*. Die einzige andere Bank im Umkreis von zwei Bezirken war unter mysteriösen Umständen abgebrannt und wurde, da inzwischen die Depression hereingebrochen war, nie wieder eröffnet. Obwohl alle wußten, was wirklich passiert war, wagte niemand, ein Wort darüber zu verlieren, aus Angst vor einem Vergeltungsschlag, und die Angst war durchaus begründet. Die Bank war nicht das einzige Gebäude, das je unter mysteriösen Umständen abbrannte.

Die Zinsen, die mein Großvater erhob, waren ungeheuerlich, und nach und nach häufte er Land und Besitz an, weil seine Kunden die Darlehen nicht zurückzahlen konnten. Als die Depression ihren Höhepunkt erreichte, erwarb er durch Zwangsvollstreckung eine Vielzahl von Unternehmen und ließ die ehemaligen Eigentümer für sich arbeiten, und zwar für einen Hungerlohn, denn sie waren in einer Zwangslage und konnten nicht weg. Er sagte, daß er ihnen ihre Geschäfte wieder zurückverkaufen würde, wenn die Wirtschaft sich erholte, und die Leute glaubten ihm.

Aber nicht ein einziges Mal hielt er sein Versprechen. Am Schluß kontrollierte er einen enormen Teil der Wirtschaft des Bezirks und mißbrauchte seine Macht in jeder nur erdenklichen Weise.

Ich würde ja gern erzählen, daß er ein schreckliches Ende gefunden hat, aber das war nicht der Fall. Er starb mit achtundneunzig beim Beischlaf mit seiner Geliebten auf seiner Jacht vor den Cayman Islands. Er sollte also seine beiden Frauen und seinen einzigen Sohn überleben. Was für ein Ende für einen Mann wie ihn, was? Das Leben ist niemals gerecht, das habe ich gelernt. Wenn man Schülern überhaupt etwas beibringen will, dann das.

Um wieder auf die Geschichte zurückzukommen... Als Hegbert erkannte, was für ein gemeiner Hund mein Großvater war, hörte er auf, für ihn zu arbeiten, und wurde Pfarrer, dann kam er wieder nach Beaufort und übernahm die Pfarrstelle an der Kirche, in die wir immer gingen. In den ersten

Jahren perfektionierte er seinen Feuer-und-Schwefel-Auftritt mit Predigten, in denen er die Gierigen geißelte, so daß er kaum Zeit für igendwas anderes hatte. Er war schon dreiundvierzig, als er heiratete, und fünfundfünfzig, als seine Tochter Jamie Sullivan geboren wurde. Seine Frau, die klein und zierlich und zwanzig Jahre jünger war als er, erlitt sechs Fehlgeburten, bevor Jamie zur Welt kam, und dann starb sie bei der Geburt, wodurch Hegbert Witwer wurde und seine Tochter allein aufziehen mußte.

Das erklärt die Geschichte von dem Theaterstück.

Die Leute kannten sie schon, bevor das Stück aufgeführt wurde. Es war eine von den Geschichten, die jedesmal die Runde machte, wenn Hegbert zu einer Kindstaufe oder einer Beerdigung gerufen wurde. Jeder kannte sie, und deswegen, glaube ich, waren die Leute auch so aufgewühlt, wenn sie das Weihnachtsstück sahen. Sie wußten, daß ihm eine Geschichte aus dem wahren Leben zugrunde lag, wodurch es eine spezielle Bedeutung bekam.

Jamie Sullivan, Hegberts Tochter, die wie ich die Abschlußklasse der High School besuchte, war ausgesucht worden, den Engel zu spielen. Nicht, daß jemand anders wirklich in Frage gekommen wäre. Natürlich bekam das Stück dadurch in dem Jahr eine ganz besondere Note. Es würde ein ganz großes Ereignis werden – vielleicht das größte aller Zeiten –, so dachte zumindest Miss Garber. Sie war die Schauspiel-Lehrerin, und der Gedanke daran ließ sie schon in der ersten Stunde erstrahlen, die ich in ihrer Klasse war.

Eigentlich hatte ich gar nicht vorgehabt, in dem Jahr den Schauspielkurs zu machen, wirklich nicht, aber entweder nahm ich Schauspiel oder Chemie II. Und ich dachte natürlich, daß es eine bequeme Lösung sein würde, besonders im Vergleich mit der Alternative. Keine schriftlichen Arbeiten, keine Prüfungen, keine Tabellen mit Protonen und Neutronen, die man auswendig zu lernen hatte, und kein Periodensystem mit Elementen, die man richtig zusammensetzen mußte – was konnte man sich als Schüler der Abschlußklasse Besseres wünschen? Als ich mich eintrug, schien die Sache schon geritzt. Ich war überzeugt, daß ich die meisten Stunden ruhig schlummernd verbringen könnte, und in Anbetracht meiner späten Abende beim Erdnußessen draußen war das ein ziemlich wichtiger Gesichtspunkt.

Am ersten Tag des Kurses kam ich als einer der letzten kurz vor dem Klingeln in das Klassenzimmer und setzte mich ganz nach hinten. Miss Garber hatte der Klasse den Rücken zugewandt und schrieb ihren Namen in großer Schrägschrift an die Tafel. Als ob wir nicht wüßten, wer sie war. Jeder kannte sie – man kam nicht drum herum, sie zu kennen. Sie war groß, bestimmt eins fünfundachtzig, hatte flammend rotes Haar und blasse Haut, auf der man ihre Sommersprossen sah, obwohl sie weit über vierzig war. Außerdem war sie übergewichtig – ich schätze, sie wog so um die hundertzwanzig Kilo –

und trug mit Vorliebe lose, großgeblümte Gewänder. Sie hatte eine dicke, dunkle Hornbrille und begrüßte jeden mit einem »Halloooo«, wobei sie die letzte Silbe singend in die Länge zog. Miss Garber war eine außergewöhnliche Frau, kein Zweifel, und sie war unverheiratet, was die Sache noch verschlimmerte. Jedes männliche Wesen, ganz gleich welchen Alters, verspürte unwillkürlich Mitleid mit ihr.

Unter ihren Namen schrieb sie die Ziele, die sie in dem Jahr erreichen wollte. »Selbstvertrauen« war das erste, gefolgt von »Selbsterkenntnis« und, drittens, »Selbsterfüllung«. Miss Garber hielt große Stücke auf diese »Selbst«-Sachen, womit sie den Entwicklungen in der Psychotherapie weit voraus war, aber das war ihr damals wahrscheinlich nicht bewußt. Sie war auf diesem Feld Vorreiterin. Vielleicht hatte es etwas mit ihrem Aussehen zu tun und war ein Versuch, ein besseres »Selbstwertgefühl« zu bekommen.

Aber ich schweife ab.

Die Stunde hatte schon begonnen, da fiel mir etwas Ungewöhnliches auf. Obwohl die Beaufort High School nicht groß war, wußte ich doch mit Sicherheit, daß die Verteilung von Mädchen und Jungen ziemlich genau halbe-halbe war. Deswegen war ich überrascht, als ich sah, daß in dieser Klasse mindestens neunzig Prozent Mädchen saßen. Ich entdeckte nur noch einen anderen Jungen, was mir aus meiner Sicht der Dinge nur recht sein konnte. In dem Moment fühlte ich mich großartig, nach dem Motto:

»Hoppla, jetzt komm ich!« Mädchen, wohin das Auge blickt, dachte ich unwillkürlich, überall Mädchen, Mädchen und keine Prüfungen.

Zugegeben, ich hatte nicht unbedingt die schnellste Auffassungsgabe.

Miss Garber fing also mit dem Weihnachtsstück an und erklärte uns, daß Jamie Sullivan in diesem Jahr den Engel spielen würde. Und dann fing sie an zu klatschen – sie gehörte auch zu unserer Kirche –, und einige von uns dachten, ihr Applaus gelte Hegbert, weil sie in ihn verliebt sei. Als ich das erste Mal davon hörte, dachte ich: Zum Glück sind sie zu alt, um Kinder zu bekommen, wenn sie je ein Paar würden. Man muß sich das mal vorstellen – durchsichtig mit Sommersprossen? Schon der Gedanke ließ alle erschaudern, aber natürlich hat nie einer eine Bemerkung darüber gemacht, wenigstens nicht in Hörweite von Miss Garber oder Hegbert. Gerede ist das eine, aber gemeiner Klatsch ist etwas ganz anderes, und selbst wir auf der High School waren nicht so gehässig.

Miss Garber klatschte weiter, erst mal ganz allein, bis wir schließlich alle einfielen, denn es war offensichtlich, daß sie das wollte. »Steh auf, Jamie«, sagte sie, »zeig den anderen, wer du bist.« Also stand Jamie auf und drehte sich um, worauf Miss Garber noch heftiger klatschte, als stünde sie vor einem leibhaftigen Filmstar.

Jamie Sullivan war bestimmt ein nettes Mädchen, daran ist kein Zweifel. Beaufort war so klein, daß es nur eine Grundschule gab, und folglich waren wir schon unser ganzes Leben lang in einer Klasse, aber es wäre gelogen, wenn ich sagte, daß ich je mit ihr gesprochen hätte. Einmal, in der zweiten Klasse, saß sie das ganze Schuljahr neben mir, und damals haben wir uns bestimmt manchmal unterhalten, aber das hieß nicht, daß ich meine Freizeit mit ihr verbrachte, auch damals nicht. Wen ich in der Schule sah, war die eine Sache, mit wem ich mich nach der Schule traf, war eine ganz andere, und Jamie hatte noch nie zu meinem Freundeskreis gehört.

Nicht, daß Jamie nicht ganz passabel aussah – das war es nicht. Sie war kein häßliches Entlein oder so. Zum Glück schlug sie ganz nach ihrer Mutter, die, nach den Bildern zu urteilen, die ich gesehen hatte, ganz hübsch gewesen war, besonders, wenn man bedenkt, wen sie geheiratet hatte. Aber Jamie war auch nicht unbedingt das, was ich attraktiv nennen würde. Obwohl sie schlank war und honigblondes Haar und sanfte blaue Augen hatte, sah sie meistens irgendwie... *unscheinbar* aus, und auch nur dann, wenn man sie überhaupt bemerkte. Jamie machte sich nichts aus ihrem Äußeren, weil sie immer nach »innerer Schönheit« und solchen Sachen strebte. Das war vermutlich mit ein Grund für ihr Aussehen. Denn solange ich sie kannte – und das war ziemlich lange –, hatte sie ihr Haar immer in einem straffen Knoten getragen, fast wie eine alte Jungfer, und nie hatte sie auch nur ein Tüpfelchen Make-up aufgelegt. Wenn sie dann noch ihre gewöhnliche braune Strickjacke und den Schottenrock anhatte, dann sah sie aus, als wäre sie auf dem Weg zu einem Vorstellungsgespräch in der Bücherei. Wir dachten, das sei nur eine Phase, aus der sie herauswachsen würde, aber das war nicht so. Auch in den ersten drei Jahren auf der High School hatte sie sich kein bißchen verändert. Das einzige, was sich verändert hatte, war die Kleidergröße der Sachen, die sie trug.

Aber es lag nicht nur an der Art, wie sie sich kleidete, daß Jamie irgendwie anders war, es war auch ihr Verhalten. Jamie vertrödelte nie ihre Zeit in Cecil's Diner oder ging zu Schlafpartys bei anderen Mädchen, und ich wußte mit Sicherheit, daß sie noch nie einen Freund gehabt hatte. Der alte Hegbert hätte wahrscheinlich einen Herzanfall bekommen, wenn sie mit einem Jungen angekommen wäre. Aber selbst wenn Hegbert aus irgendwelchen Gründen einverstanden gewesen wäre, hätte das nichts geändert, denn Jamie trug ihre Bibel immer bei sich, und wenn ihr Aussehen und Hegbert die Jungen nicht abschreckten – die Bibel tat es auf jeden Fall. Ich meine, ich hatte genausowenig etwas gegen die Bibel wie die anderen in meinem Alter, aber Jamie schien eine Freude aus der Bibel zu ziehen, die mir völlig fremd war. Sie fuhr nicht nur jedes Jahr im August zur Ferienbibelschule, sondern sie las auch in der Pause in der Bibel. Für mein Gefühl war das einfach nicht normal, auch wenn sie die Tochter des Pfarrers war. Man konnte es drehen und wenden, wie man wollte, die Briefe des Paulus an die Epheser machten nicht halb soviel Spaß wie ein Flirt, das leuchtet doch wohl ein.

Aber damit nicht genug. Weil sie soviel in der Bibel las, oder vielleicht auch wegen Hegberts Einfluß, war Jamie der Ansicht, daß es wichtig war, anderen zu helfen, und genau das tat sie auch. Ich wußte, daß sie im Waisenhaus in Morehead City ab und zu mithalf, aber das reichte ihr noch nicht. Sie sammelte immer für irgendwas Geld, für die Pfadfinder oder die indianischen Prinzessinnen, und als sie vierzehn war – daran erinnere ich mich –, verbrachte sie einen Teil ihrer Sommerferien damit, das Haus einer alten Nachbarin frisch zu streichen. Jamie gehörte zu den Menschen, die unaufgefordert bei jemandem Unkraut zupften oder den Verkehr anhielten und einem Kind über die Straße halfen. Sie sparte ihr Taschengeld, um den Waisenkindern einen neuen Basketball zu kaufen, oder sie steckte das Geld sonntags im Gottesdienst in den Kollektenbeutel. Anders ausgedrückt, sie war ein Mädchen, neben dem wir anderen sehr schlecht abschnitten, und wenn sie in meine Richtung sah, hatte ich augenblicklich ein schlechtes Gewissen, obwohl ich gar nichts verkehrt gemacht hatte.

Aber Jamie beschränkte ihre guten Taten nicht nur darauf, *Menschen* zu helfen. Immer wenn sie ein verletztes Tier fand, versuchte sie, es zu retten. Beutelratten, Eichhörnchen, Hunde, Katzen, Frösche ... was es war, kümmerte sie nicht. Doctor Rawlings, der Tierarzt, kannte sie schon und schüttelte jedesmal den Kopf, wenn er sie mit einem Karton kommen sah, in dem eine dieser armen Kreaturen saß. Dann nahm er die Brille ab und putzte sie sich mit einem Taschentuch, während Jamie erklärte, wo sie das arme Tier gefunden hatte und was passiert war. »Es ist von einem Auto überfahren worden, Dr. Rawlings. Ich glaube, es war die Vorsehung Gottes, daß ich es retten sollte. Sie helfen ihm doch, oder?«

Bei Jamie war alles die Vorsehung Gottes. Das war auch so eine Sache. Sie redete dauernd von der Vorsehung Gottes, wenn man mit ihr sprach, ganz gleich, um welches Thema es ging. Das Baseballspiel mußte wegen Regens abgesagt werden? Es war die Vorsehung Gottes, um auf diese Weise etwas Schlimmeres zu verhüten. Eine unangekündigte Klassenarbeit in Trigonometrie, die alle verpatzten? Es ist wohl die Vorsehung Gottes, uns ab und an eine Herausforderung zu schicken. So ging das die ganze Zeit.

Dazu kam, daß sie mit Hegbert zusammenlebte, und das machte es auch nicht besser. Die Tochter des Pfarrers zu sein war bestimmt nicht leicht, aber sie tat so, als wäre es das Natürlichste von der Welt und ein Glück und Segen obendrein. Und das formulierte sie auch so: »Es ist ein solcher Segen für mich, einen Vater wie meinen zu haben.« Wenn sie das sagte, konnten wir nur den Kopf schütteln und uns fragen, wo sie eigentlich lebte.

Was mich aber wirklich zum Wahnsinn trieb von all ihren Eigenarten, das war ihre verdammte Fröhlichkeit, die sich durch nichts, was sich um sie herum abspielte, beeinträchtigen ließ. Ich schwöre, daß sie über nichts und niemanden je ein schlechtes Wort sagte, auch nicht zu denen von uns, die nicht besonders nett zu ihr waren. Sie summte vor sich hin, wenn sie die Straße entlangging, sie winkte Fremden zu, die mit dem Auto vorbeifuhren. Manchmal kamen die Frauen aus dem Haus, wenn sie Jamie vorbeigehen sahen, und gaben ihr ein Stück selbstgebackenes Kürbiskernbrot oder, wenn die Sonne hoch stand, ein Glas Limonade. Alle Erwachsenen in der Stadt verehrten sie anscheinend. »So ein nettes Mädchen«, sagten sie, wenn von Jamie die Rede war. »Die Welt wäre um vieles besser, wenn es mehr Menschen wie sie gäbe.«

Aber meine Freunde und ich waren der Meinung, daß eine Jamie Sullivan mehr als genug war.

All diese Dinge gingen mir durch den Kopf, als Jamie an jenem ersten Tag des Schauspielkurses vor uns stand, und ich gebe zu, daß es mich nicht besonders interessierte, sie zu sehen. Doch als sie sich zu uns umdrehte, kriegte ich einen merkwürdigen Schock, als hätte ich ein loses Kabel berührt. Sie trug einen Schottenrock mit einer weißen Bluse und darüber dieselbe braune Strickjacke, die ich schon hunderttausendmal gesehen hatte, aber auf ihrer Brust waren zwei Erhebungen zu sehen, die auch ihre Strickjacke nicht verstecken konnte und die, das schwöre ich, drei Monate zuvor noch nicht dagewesen waren. Sie trug nie Make-up, auch an dem Tag nicht, aber sie war etwas gebräunt, wahrscheinlich von der Bibelschule, und zum ersten Mal sah sie – na ja, fast hübsch aus. Natürlich verscheuchte ich den Gedanken sofort, aber als sie den Blick durch den Raum schweifen ließ, lächelte sie mich direkt an und war offenbar froh, daß ich in diesem Kurs war. Ich erfuhr erst später, warum.

Kapitel 2

Nach der High School hatte ich vor, auf der University of North Carolina in Chapel Hill zu studieren. Mein Vater wollte, daß ich nach Harvard oder Princeton ging, wie die Söhne anderer Kongreßabgeordneter, aber bei meinen Noten war das nicht drin. Nicht, daß ich ein schlechter Schüler gewesen wäre, aber ich nahm die Schule nicht besonders ernst, und meine Noten reichten für die Ivy League nicht aus. Als mein letztes Schuljahr anfing, stand es sogar ziemlich auf der Kippe, ob ich überhaupt einen Studienplatz an der UNC bekommen würde, und dabei war das die Alma Mater meines Vaters, wo er also einen gewissen Einfluß geltend machen konnte. Als mein Vater an einem Wochenende zu Hause war, unterbreitete er mir seinen Plan, mich reinzuhieven. Ich hatte gerade die erste Schulwoche nach den Ferien hinter mir. Er war über Labor Day für drei Tage zu Hause, und wir saßen beim Essen.

»Ich finde, du solltest dich für das Amt des Schülersprechers bewerben«, fing er an. »Im Juni bist du mit der Schule fertig, und ich bin der Meinung, daß es sich auf deinem Zeugnis gut machen würde. Deine Mutter ist übrigens derselben Meinung.«

Meine Mutter nickte und kaute ihre Erbsen. Sie sprach nicht viel, wenn mein Vater da war, aber sie zwinkerte mir zu. Ich glaube, manchmal gefiel es meiner Mutter zu sehen, wie ich mich vor Unbehagen wand, obwohl sie sonst so lieb war.

»Ich glaube nicht, daß ich eine Chance habe, die Wahl zu gewinnen«, erwiderte ich hastig. Ich war zwar der reichste Schüler an der Schule, aber keineswegs der beliebteste. Diese Ehre kam Eric Hunter zu, meinem besten Freund. Er konnte einen Baseball mit fast neunzig Stundenkilometern werfen und hatte dem Football-Team als herausragender Quarterback zu wichtigen Siegen verholfen. Er war ein ganzer Kerl. Selbst sein Name klang cool.

»Natürlich kannst du die Wahl gewinnen«, widersprach mir mein Vater. »Wir Carters gewinnen immer.«

Das war ein weiterer Grund, warum es mir nicht paßte, daß mein Vater ab und zu nach Hause kam. Denn wenn er mal da war, wollte er mich offenbar zu einer Miniaturversion von sich selbst formen. Da ich praktisch ohne ihn aufgewachsen war, gefiel mir seine sporadische Anwesenheit überhaupt nicht. Seit Wochen war das unser erstes Gespräch. Er unterhielt sich nicht gern mit mir am Telefon.

»Und wenn ich nicht Schülersprecher werden will?«

Mein Vater legte die Gabel hin – auf den Zinken stak noch ein Stück Schweinefleisch. Er sah mich verärgert an, und zwar von oben bis unten. Obwohl es fast dreißig Grad im Haus hatte, trug er einen Anzug, und das schüchterte mich noch mehr ein. Mein Vater trug übrigens immer einen Anzug.

»Ich finde«, sagte er langsam, »daß es eine gute Idee wäre.«

Wenn er in diesem Ton sprach, wußte ich, daß es beschlossene Sache war. So war das in meiner Familie. Das Wort meines Vaters war Gesetz. Aber es blieb dabei: Auch nachdem ich mich bereit erklärt hatte, wollte ich nicht Schülersprecher werden. Ich hatte keine Lust, für den Rest des Schuljahres einmal in der Woche nachmittags nach der Schule – nach der Schule! – auf Schüler-Lehrer-Versammlungen rumzusitzen, um mir ein Motto für den nächsten Schulball auszudenken oder über die Farbe der Luftschlangen zu diskutieren. Mehr taten die Schülervertreter doch nicht, wenigstens nicht zu meiner Zeit. Bei wichtigen Fragen mitentscheiden durften wir Schüler doch sowieso nicht.

Andererseits wußte ich, daß mein Vater recht hatte. Wenn ich zur UNC gehen wollte, mußte ich etwas tun. Ich spielte weder Football noch Baseball, ich spielte kein Instrument, ich war nicht im Schach-Club oder im Bowling-Club oder sonst irgendwo drin. In der Schule war ich auch nicht unbedingt eine Leuchte – ich war in nichts eine Leuchte. Mich verließ der Mut, und ich fing an, mir die Dinge aufzuzählen, die ich gut konnte, aber um ehrlich zu sein, es kam nicht viel dabei heraus. Ich konnte acht verschiedene Seglerknoten, ich konnte barfuß auf kochendheißem Asphalt eine längere Strecke zurücklegen als sonst jemand, ich konnte einen Bleistift dreißig Sekunden lang auf der Fingerspitze balancieren ... aber es war klar, daß nichts davon bei einer Bewerbung um einen Studienplatz besonderen Eindruck machen würde. Da war ich also, lag die ganze Nacht wach im Bett und machte mir langsam bewußt, daß ich ein Versager war. Besten Dank, Dad.

Am nächsten Morgen ging ich ins Sekretariat und setzte meinen Namen auf die Kandidatenliste. Zwei andere Schüler bewarben sich mit mir um das Amt – John Foreman und Maggie Brown. John, das war sonnenklar, hatte keine Chance. Er war einer von denen, die einem die Fusseln von den Kleidern zupften, wenn man mit ihnen sprach. Er war zwar ein guter Schüler, aber er saß immer in der ersten Reihe und hob jedesmal, wenn der Lehrer eine Frage stellte, die Hand. Wenn er aufgerufen wurde, gab er fast immer die richtige Antwort und sah sich dann mit einem so selbstgefälligen Ausdruck nach rechts und links um, als hätte er, im Vergleich zu den übrigen Trotteln im Raum, den Beweis seiner intellektuellen Überlegenheit erbracht. Eric und ich beschossen ihn mit Spuckebällchen, wenn der Lehrer gerade nicht guckte.

Bei Maggie Brown standen die Dinge anders. Auch sie war eine gute Schülerin. Sie war schon drei Jahre lang in der Schülervertretung gewesen, und im Jahr zuvor war sie Klassensprecherin der Vorabschlußklasse gewesen. Das, was gegen sie sprach, war die

Tatsache, daß sie nicht besonders attraktiv war, und da sie im Sommer noch einmal zehn Kilo zugenommen hatte, war es klar, daß nicht ein einziger Junge für sie stimmen würde.

Nachdem ich wußte, gegen wen ich antrat, rechnete ich mir doch eine Chance aus. Meine ganze Zukunft stand auf dem Spiel, also entwarf ich eine Strategie. Eric war der erste, der mir beipflichtete.

»Klar, ich sorge dafür, daß die Leute im Team dich wählen, gar keine Frage! Wenn du das wirklich willst.«

»Und ihre Freundinnen?« fragte ich.

Das war mehr oder weniger meine Kampagne. Natürlich bin ich auch zu den Diskussionen gegangen und habe Flugblätter verteilt, auf denen stand: »Was ich tun werde, wenn ich Schülersprecher bin«, aber am Ende war es wahrscheinlich Eric Hunter, der mir das gewünschte Ergebnis brachte. Beaufort High School hatte nicht viel mehr als vierhundert Schüler; wenn man also die Sportlerriege hinter sich hatte, war das die halbe Miete, und den meisten von denen war es egal, wen sie wählten. Am Ende ging alles so auf, wie ich es geplant hatte.

Ich wurde mit ziemlich großer Mehrheit zum Schülersprecher gewählt. Natürlich ahnte ich nicht, was ich mir damit eingebrockt hatte.

Als ich noch in der Vorabschlußklasse war, hatte ich eine feste Freundin, Angela Clark. Sie war meine erste richtige Freundin, obwohl das Ganze nur ein paar Monate dauerte. Kurz vor den Sommerferien hatte sie mit mir Schluß gemacht und ging jetzt mit einem gewissen Lew, der schon zwanzig war und in der Werkstatt seines Vaters als Automechaniker arbeitete. Sein wichtigstes Wesensmerkmal war, soweit ich sehen konnte, sein wirklich klasse Auto. Er trug immer ein weißes T-Shirt und hatte sich eine Packung Camel in den Ärmel gesteckt. Dann stand er da, an die Motorhaube seines Thunderbird gelehnt, ließ den Blick schweifen und sagte so was wie: »He, Schätzchen«, wenn eine Frau vorbeikam. Er war echt der Siegertyp, könnte man sagen.

Also, wie auch immer, es kam die Zeit des Schülerballs, und wegen der Sache mit Angela hatte ich immer noch keine Partnerin. Diejenigen, die in der Schülervertretung waren, mußten zu dem Ball gehen – es war Pflicht, denn wir mußten helfen, die Turnhalle zu schmücken, und am nächsten Tag beim Aufräumen dabeisein –, außerdem machte es normalerweise auch Spaß. Ich rief ein paar Mädchen an, aber sie hatten alle schon einen Partner, also rief ich noch ein paar an. Die hatten auch schon Partner. Eine Woche vor dem Ball war die Auswahl ziemlich mies. Das Angebot beschränkte sich jetzt auf die Mädchen, die dicke Brillen trugen und lispelten. Beaufort hatte sich noch nie seiner Schönheiten rühmen können, aber das kümmerte mich jetzt nicht, ich brauchte eine Ballpartnerin. Ich wollte nicht ohne Partnerin auf dem Ball erscheinen – wie sähe das aus? Ich wäre der einzige Schülersprecher, der je allein bei einem Schulball aufgekreuzt war. Ich wäre dann der, der den ganzen Abend alkoholfreie Bowle ausschenken oder Erbrochenes in den Toiletten aufwischen müßte. Das machten nämlich normalerweise diejenigen, die keinen Partner hatten.

In einem Anfall von Panik nahm ich mir das Jahrbuch vom Jahr davor heraus und blätterte es ganz durch, um zu sehen, wer vielleicht noch solo war. Zuerst guckte ich mir die Seiten der Abschlußklasse an. Die meisten waren inzwischen zwar auf dem College, aber einige waren in der Stadt geblieben. Obwohl ich mir keine großen Chancen ausrechnete, rief ich ein paar von ihnen an, aber natürlich hatte ich keinen Erfolg. Ich konnte kein Mädchen finden, keins, das mit mir gehen würde. Inzwischen nahm ich jede Absage gelassen hin, obwohl das ja nichts ist, womit man vor seinen Enkelkindern angibt, wahrhaftig nicht. Meine Mom wußte, was ich durchmachte, und schließlich kam sie in mein Zimmer und setzte sich neben mich aufs Bett.

»Wenn du niemanden findest, könnte ich mit dir gehen«, bot sie an.

»Danke, Mom«, sagte ich niedergeschlagen.

Als sie wieder gegangen war, fühlte ich mich noch mieser als vorher. Selbst meine Mom dachte, ich würde niemanden finden. Und wenn ich mit ihr als Partnerin ginge? Selbst wenn ich hundert Jahre alt würde, das würde ich nie verwinden.

Es war übrigens noch einer der Jungen in der gleichen Situation wie ich. Carey Dennison war zum Kassenwart gewählt worden, und er hatte auch keine Partnerin. Carey gehörte zu den Leuten, deren Gegenwart man tunlichst mied. Er war nur deswegen gewählt worden, weil kein Gegenkandidat aufgestellt worden war. Selbst so hatte er, glaube ich, kaum genügend Stimmen bekommen. Er spielte die Tuba in der Bläserkapelle und hatte einen ganz unproportionierten Körper, als wäre er mitten in der Pubertät plötzlich nicht mehr weitergewachsen. Er hatte einen dicken Bauch und lange, dünne Arme und Beine. Außerdem sprach er mit hoher, piepsiger Stimme – wahrscheinlich war er deswegen so ein guter Tubaspieler – und hörte nie auf, Fragen zu stellen. *Wo warst du am Wochenende? War es gut? Hast du irgendwelche Mädchen kennengelernt?* Er wartete nicht einmal die Antwort ab, und wenn er einen ausfragte, lief er ständig hin und her, so daß man ihm mit den Augen hinterherwandern mußte. Er nervte wie kein zweiter, das steht fest. Wenn ich keine Partnerin fand, würde er den ganzen Abend neben mir stehen und mich mit Fragen bombardieren wie ein verrückt gewordener Staatsanwalt.

Ich saß also da und blätterte die Seiten der Vorabschlußklasse um, als ich zu Jamie Sullivans Bild kam. Ich hielt nur einen Moment inne, dann blätterte ich weiter und fluchte schon deshalb, weil mir der Gedanke überhaupt gekommen war. Die nächste Stunde versuchte ich, ein Mädchen zu finden, das halbwegs gut aussah, doch langsam kam ich zu der Erkenntnis, daß sie alle vergeben waren. Schließlich schlug ich noch einmal die Seite mit Jamies Bild auf und sah es mir an. So schlecht sah sie gar nicht aus, sagte ich mir, und sie ist wirklich lieb. Wahrscheinlich würde sie zusagen, dachte ich ...

Ich klappte das Buch zu. Jamie Sullivan? Hegberts Tochter? Auf gar keinen Fall. Niemals. Meine Freunde würden mir das Leben zur Hölle machen.

Aber wenn mir sonst nur die Wahl blieb, mit der eigenen Mutter zu gehen oder Erbrochenes aufzuwischen oder, grauenvoller Gedanke, Carey Dennison zu ertragen?

Den Rest des Abends verbrachte ich damit, das Für und Wider meiner ausweglosen Situation abzuwägen. Wirklich wahr, ich habe hin und her überlegt, aber am Ende war klar, was zu tun war, sogar mir. Ich mußte Jamie zu dem Ball einladen, und während ich im Zimmer auf und ab ging, überlegte ich mir, wie ich das am besten anstellte.

In dem Moment kam mir ein furchtbarer Gedanke, wirklich schrecklich. Mir wurde nämlich bewußt, daß Carey Dennison in dem Moment wahrscheinlich genau das gleiche tat wie ich. Er blätterte bestimmt auch das Jahrbuch durch! Er war zwar komisch, aber er wischte auch nicht gern Erbrochenes auf, und wenn man seine Mutter kannte, war einem klar, daß seine Alternative noch schlimmer war als meine. Wenn er jetzt Jamie als erster fragte? Jamie würde ihm keinen Korb geben, und es war nur realistisch anzunehmen, daß sie seine einzige Wahl war. Keiner außer ihr würde sonst mit ihm gesehen werden wollen, tot oder lebendig. Aber Jamie würde jedem helfen – sie war einer von diesen Gleichheitsaposteln. Wahrscheinlich würde sie sich seine mit piepsiger Stimme vorgetragene Bitte anhören, die Güte seines Herzens erkennen und ohne lange zu zögern zusagen.

Da saß ich nun in meinem Zimmer und wurde wild bei dem Gedanken, daß Jamie *nicht* mit mir zum Ball gehen würde. In der Nacht schlief ich so gut wie überhaupt nicht, was für mich eine besonders seltsame Erfahrung war. Ich glaube nicht, daß sich schon jemals jemand Sorgen darüber gemacht hatte, ob er Jamie zur Partnerin bekam oder nicht. Ich nahm mir vor, sie gleich als erstes zu fragen, solange mein Mut noch vorhielt, aber Jamie war nicht in der Schule. Ich nahm an, daß sie den Vormittag im Waisenhaus von Morehead City verbrachte, wie jeden Monat. Ein paar von uns versuchten ebenfalls, mit dieser Entschuldigung vom Unterricht befreit zu werden, aber Jamie war die einzige, der man das zugestand. Auch der Direktor wußte, daß sie den Waisen vorlas oder mit ihnen bastelte oder spielte. Sie würde sich nicht ein paar schöne Stunden am Strand oder in Cecil's Diner machen. Diese Vorstellung war völlig absurd, auch für den Direktor.

»Hast du eine gefunden?« fragte Eric mich zwischen zwei Schulstunden. Er wußte genau, daß ich noch keine Partnerin hatte, aber obwohl er mein Freund war, machte es ihm Spaß, gelegentlich ein bißchen zu sticheln.

»Noch nicht«, erwiderte ich, »aber ich kümmere mich drum.«

Carey Dennison stand vor seinem Schließfach im Flur. Ich hätte schwören können, daß er mir einen vielsagenden Blick aus seinen Glubschaugen zuwarf, als er sich unbeobachtet fühlte.

So fing der Tag schon an.

In der letzten Schulstunde verstrichen die Minuten schrecklich langsam. Ich hatte es mir so ausgerechnet: Wenn Carey und ich zur selben Zeit aus der Schule kamen, würde ich als erster bei ihrem Haus ankommen, weil er diese schlaksigen Beine hatte und so. Ich bereitete mich also innerlich darauf vor, und als es läutete, rannte ich aus dem Gebäude, und zwar in vollem Galopp. Ich sprintete ungefähr hundert Meter, dann ging mir die Puste aus. Und darauf bekam ich Seitenstechen, so daß ich praktisch nur noch schleichen konnte. Die Stiche taten dermaßen weh, daß ich mich krümmte und mir die Seite hielt. Auf meinem Weg durch die Straßen von Beaufort muß ich ausgesehen haben wie eine asthmatische Ausgabe vom Glöckner von Notre Dame.

Hinter mir glaubte ich Careys piepsiges Gelächter zu hören. Ich drehte mich um und preßte mir die Finger in meine schmerzende Seite, aber ich konnte ihn nicht sehen. Vielleicht nahm er eine Abkürzung durch irgendwelche Gärten! Solche krummen Touren sahen ihm ähnlich, dem Hund. Man konnte ihm nicht eine Minute lang trauen.

Ich stolperte jetzt etwas schneller weiter und kam bald in Jamies Straße. Inzwischen war ich schweißgebadet – mein Hemd klebte mir am Leib –, und ich japste immer noch nach Luft. Immerhin, ich kam an ihrer Tür an, atmete einmal tief durch und klopfte.

Obwohl ich mich sagenhaft beeilt'hatte, argwöhnte der Teil von mir, der zum Pessimismus neigte, daß Carey mir die Tür öffnen würde. Ich stellte mir sein Siegerlächeln vor und seinen Blick, der sagte: *Tut mir leid, Partner, du kommst zu spät.*

Aber es war nicht Carey, der aufmachte, es war Jamie, und zum ersten Mal in meinem Leben wurde mir klar, wie sie aussehen könnte, wenn sie ein normaler Mensch wäre. Sie trug Jeans und eine rote Bluse. Zwar hatte sie ihr Haar immer noch zu einem Knoten aufgesteckt, aber sie sah viel lässiger aus als sonst. Mir dämmerte, daß sie richtig süß aussehen könnte, wenn sie es nur einmal probierte.

»Landon«, rief sie und hielt die Tür auf, »was für eine Überraschung!« Jamie freute sich immer, einen zu sehen, auch mich, obwohl ich glaube, daß sie mein Aussehen etwas erschreckte. »Bist du gerannt«, fragte sie.

»Eigentlich nicht«, log ich und wischte mir über die Stirn. Zum Glück ließ das Seitenstechen nach.

»Dein Hemd ist richtig durchgeschwitzt.«

»Ach, das«, murmelte ich und sah an mir herab. »Das macht doch nichts. Manchmal schwitze ich einfach sehr viel.«

»Vielleicht solltest du mal zum Arzt gehen.«

»Es ist nichts, wirklich.«

»Ich werde trotzdem für dich beten«, erklärte sie mit einem Lächeln. Jamie betete immer für irgend jemanden, warum sollte ich da nicht mit von der Partie sein?

»Danke«, sagte ich.

Sie senkte den Blick und schien einen Moment lang unruhig. »Ich würde dich ja hereinbitten, aber mein Vater ist nicht da, und er will nicht, daß Jungen ins Haus kommen, wenn er weg ist.«

»Oh«, sagte ich niedergeschlagen, »das macht nichts. Wir können uns ja hier draußen unterhalten.« Wenn es nach mir gegangen wäre, hätte ich lieber im Haus mit ihr gesprochen.

»Möchtest du ein Glas Limonade, während wir uns unterhalten?« fragte sie. »Ich habe gerade welche gemacht.«

»Gern«, sagte ich.

»Ich bin gleich zurück.« Sie ging ins Haus, ließ aber die Tür offenstehen, so daß ich mich ein bißchen umsehen konnte. Das Haus war klein, aber ordentlich; an einer Wand stand ein Klavier, an der anderen ein Sofa. In der Ecke drehte sich ein kleiner Ventilator. Auf dem Couchtisch lagen Bücher mit Titeln wie »Hör auf Jesus« und »Der Glaube ist die Antwort«. Auch ihre Bibel lag auf dem Tisch. Sie war beim Lukas-Evangelium aufgeschlagen.

Im nächsten Moment kam Jamie mit der Limonade, und wir setzten uns auf zwei Stühle in der Ecke der Veranda. Ich wußte, daß sie und ihr Vater abends dort saßen, weil ich manchmal an dem Haus vorbeikam. Kaum hatten wir uns gesetzt, sah ich, wie Mrs. Hastings, die Nachbarin von der anderen Straßenseite, uns zuwinkte. Jamie winkte zurück, während ich meinen Stuhl so drehte, daß Mrs. Hastings mein Gesicht nicht erkennen konnte. Obwohl ich im Begriff war, Jamie zu dem Ball einzuladen, wollte ich nicht, daß jemand – auch nicht Mrs. Hastings – mich erkannte, für den Fall, daß Jamie schon Careys Einladung angenommen hatte. Mit Jamie zum Ball zu gehen war eine Sache, von ihr wegen eines Typen wie Carey abgewiesen zu werden war eine ganz andere.

»Was machst du da?« fragte Jamie. »Du rückst ja den Stuhl in die Sonne.«

»Ich mag die Sonne«, gab ich zur Antwort. Doch sie hatte recht. Fast auf der Stelle merkte ich, wie die Strahlen durch mein Hemd hindurchbrannten und mir den Schweiß aus den Poren trieben.

»Wenn du meinst«, sagte sie lächelnd. »Und weshalb wolltest du mit mir sprechen?«

Jamie nestelte an ihrem Haar. Soweit ich sehen konnte, war jedes Härchen an Ort und Stelle. Ich atmete tief ein, um mich zu sammeln, aber ich konnte mich nicht dazu durchringen, gleich mit der Sache herauszurücken.

»Du warst also wieder im Waisenhaus heute?« sagte ich statt dessen.

Jamie musterte mich merkwürdig. »Nein. Mein Vater und ich waren beim Arzt.«

»Ist alles in Ordnung mit ihm?«

Sie lächelte. »Kerngesund.«

Ich nickte und warf einen Blick über die Straße. Mrs. Hastings war wieder ins Haus gegangen, und ich konnte sonst niemanden entdecken. Die Luft war rein, aber ich war noch nicht soweit.

»Wirklich ein schöner Tag heute«, sagte ich und zögerte den Moment hinaus.

»Ja, finde ich auch.«

»Und warm.«

»Du sitzt ja auch in der Sonne.«

Ich sah mich um, der Druck stieg.

»Also, ich glaube, es ist keine einzige Wolke am Himmel.«

Diesmal antwortete Jamie nicht, und wir saßen ein paar Augenblicke schweigend da.

»Landon«, sagte sie schließlich, »du bist nicht hergekommen, um mit mir über das Wetter zu sprechen, oder?«

»Eigentlich nicht.«

»Warum dann?«

Der Moment der Wahrheit war gekommen. Ich räusperte mich.

»Also ... ich wollte wissen, ob du zum Schulball gehst.«

»Ach so«, sagte sie. Es klang, als hätte sie gar nicht gewußt, daß es so etwas gab. Ich rutschte unruhig hin und her und wartete auf ihre Antwort.

»Ich hatte eigentlich nicht vor zu gehen«, gestand sie endlich.

»Aber wenn dich jemand einlädt, würdest du vielleicht gehen?«

Sie ließ einen Moment verstreichen, bevor sie antwortete.

»Ich weiß nicht recht«, sagte sie nachdenklich. »Vielleicht würde ich gehen, wenn sich die Möglichkeit ergäbe. Ich war noch nie bei einem Ball.«

»Es macht Spaß«, sagte ich schnell. »Nicht riesigen Spaß, aber doch Spaß.« *Besonders, wenn man be-*

dachte, was meine Alternativen waren. Das sagte ich aber nicht.

Sie lächelte über meine Redensart. »Ich muß natürlich erst meinen Vater fragen, aber wenn er es mir erlaubt, dann würde ich wohl gehen.«

In dem Baum neben der Veranda fing ein Vogel lauthals zu schimpfen an, als wüßte er, daß ich da nichts zu suchen hatte. Ich konzentrierte mich auf den Lärm und versuchte so, meine Nerven zu beruhigen. Noch vor zwei Tagen wäre mir der Gedanke völlig absurd vorgekommen, aber jetzt war ich da und hörte mich die Zauberworte sprechen: »Ja, würdest du mit mir zu dem Ball gehen?«

Ich sah, daß die Frage sie überraschte. Ich glaube, sie hatte angenommen, daß meine kleine Vorbereitung bedeutete, jemand anders wolle sie einladen. Manchmal schickten Teenager ihre Freunde aus, um »die Lage zu sondieren«, sozusagen, damit man sich keine Absage einhandelte. Obwohl Jamie nicht so wie andere Teenager war, nahm ich doch an, daß sie mit diesem Vorgehen vertraut war, wenigstens in der Theorie.

Statt jedoch sofort zu antworten, wandte Jamie den Blick für lange Zeit ab. Mein Magen krampfte sich zusammen, weil ich dachte, sie würde nein sagen. Bilder von meiner Mutter, von Erbrochenem und von Carey gingen mir durch den Kopf, und plötzlich bedauerte ich, daß ich mich ihr gegenüber all die Jahre so schäbig verhalten hatte. Ich mußte daran denken, wie ich sie immer gehänselt und ihren Vater einen Unzuchttreibenden genannt hatte, und wie ich sie hinter ihrem Rücken verspottet hatte. Als mich diese Gedanken gerade richtig niederdrückten und ich mir vorstellte, wie ich Carey wohl fünf Stunden lang ertragen könnte, drehte sie sich wieder zu mir um. Auf ihrem Gesicht lag ein kleines Lächeln.

»Ich würde gerne mit dir gehen«, sagte sie, »unter einer Bedingung.«

Ich machte mich auf alles gefaßt und hoffte, es wäre nicht zu schwierig.

»Und die wäre?«

»Du mußt mir versprechen, daß du dich nicht in mich verliebst.«

Das meinte sie nicht ernst, denn sie lachte, und ich atmete unwillkürlich vor Erleichterung auf. Ich muß zugeben, daß Jamie manchmal einen richtig guten Sinn für Humor hatte.

Ich lächelte und versprach es ihr.

Kapitel 3

Zwar war Jamie noch nie bei einem Schulball gewesen, aber sie hatte schon an Tanztees von der Kirche teilgenommen. Sie war keine schlechte Tänzerin – auch ich war bei einigen dieser Kirchen-Tanztees gewesen –, aber offen gesagt war es sehr schwer vorherzusagen, wie sie sich mit jemandem wie mir machen würde. Bei den Tanztees tanzte sie immer mit alten Leuten, weil keiner von den Gleichaltrigen sie aufforderte. Die Tänze, die vor dreißig Jahren beliebt waren, konnte sie also richtig gut. Ich wußte aber ehrlich gestanden nicht, was ich erwarten sollte.

Ich gebe zu, daß ich mir auch Gedanken darüber machte, was sie anziehen würde, aber das sagte ich ihr natürlich nicht. Wenn Jamie zum Tanztee ging, trug sie gewöhnlich einen alten Pullover und eins der Kleider, die sie auch zur Schule anzog, aber der Schulball sollte ja etwas Besonderes sein. Die meisten Mädchen kauften sich neue Kleider, und die Jungen trugen Anzüge, und in diesem Jahr würde ein Photograph kommen und alle photographieren. Ich wußte, daß Jamie sich kein neues Kleid kaufen würde, denn sie war nicht gerade besonders reich. Als Pfarrer verdiente man nicht viel Geld, aber natürlich wurde man nicht Pfarrer, um reich zu werden, sondern weil man ein höheres Ziel vor Augen hatte, gewissermaßen. Aber ich wollte nicht, daß sie die Sachen anzog, die sie auch zur Schule trug. Nicht meinetwegen – so hartherzig war ich nun auch wieder nicht –, sondern wegen der anderen. Ich wollte nicht, daß die anderen sich über sie lustig machten.

Die gute Nachricht war – wenn es überhaupt eine gute Nachricht gab –, daß Eric mich nicht zu sehr wegen der ganzen Sache mit Jamie aufzog, weil er nämlich mit seiner eigenen Partnerin beschäftigt war. Er ging mit Margaret Hays, der Anführerin der Cheerleader an unserer Schule. Margaret war nicht unbedingt die hellste, aber trotzdem ganz nett. Mit nett meine ich natürlich, daß sie gute Beine hatte. Eric bot mir an, daß wir zu viert gehen könnten, aber ich wollte nicht riskieren, daß er sich über Jamie lustig machte und so. Er war ein guter Kerl, aber manchmal konnte er etwas grob werden, besonders wenn er schon ein paar Schluck Bourbon intus hatte.

Am Tag des Schulballs hatte ich alle Hände voll zu tun. Nachmittags half ich die Sporthalle zu schmücken, und dann mußte ich eine halbe Stunde vor der Zeit bei Jamie sein, weil ihr Vater mit mir sprechen wollte. Worüber, wußte ich nicht. Jamie hatte mich damit am Tag vor dem Ball überrascht, und ich kann nicht behaupten, daß ich von der Aussicht begeistert war. Ich nahm an, er wollte mit mir über die Versuchung sprechen und die schlimmen Abwege, auf die sie uns führen konnte. Wenn er aber vom Unzuchttreiben anfing, würde ich auf der Stelle in den Erdboden versinken, das war klar. Ich schickte den ganzen Tag lang kleine Stoßgebete zum Himmel, weil ich hoffte, das Gespräch vermeiden zu können, aber ich war mir nicht sicher, ob Gott meine Gebete vorrangig behandeln würde, wenn man bedenkt, wie ich mich früher verhalten hatte. Schon der Gedanke daran machte mich nervös.

Nachdem ich geduscht hatte, zog ich einen von meinen guten Anzügen an, machte einen Abstecher zum Blumenladen, um Jamies Blumensträußchen zum Anstecken abzuholen, und fuhr dann zu ihr. Meine Mutter hatte mir erlaubt, das Auto zu benutzen, und ich parkte genau vor Jamies Haus. Da die Zeitumstellung noch bevorstand, war es noch hell, als ich bei ihnen ankam und auf dem rissigen Weg zur Haustür ging. Ich klopfte, wartete und klopfte dann noch einmal. Hinter der Tür hörte ich Hegberts Stimme: »Ich komme sofort«, aber er schien es nicht besonders eilig zu haben. Ich stand bestimmt zwei Minuten vor der Tür und betrachtete das Schnitzwerk und die kleinen Sprünge in der Fensterbank. An der Seite standen die Stühle, auf denen Jamie und ich ein paar Tage zuvor gesessen hatten. Der, auf dem ich gesessen hatte, war immer noch in die andere Richtung gedreht. Wahrscheinlich waren die beiden in den letzten Tagen nicht auf der Veranda gewesen.

Endlich öffnete sich knarrend die Tür. Das Licht von innen warf einen Schatten auf Hegberts Gesicht und schien durch sein Haar. Er war alt, wie ich schon sagte, zweiundsiebzig, würde ich schätzen. Es war das erste Mal, daß ich ihn aus der Nähe sah, und ich konnte all die kleinen Fältchen in seinem Gesicht erkennen. Seine Haut war wirklich durchsichtig; aus der Nähe betrachtet fiel das noch mehr auf.

»Hallo, Herr Pfarrer«, sagte ich und überwand meine Furcht. »Ich bin gekommen, um Jamie zum Ball abzuholen.«

»Ja, natürlich«, erwiderte er. »Aber vorher möchte ich gern mit dir reden.«

»Ja, Sir, deswegen bin ich früher gekommen.«

»Komm herein.«

In der Kirche war Hegbert immer ganz korrekt angezogen, aber im Moment trug er Latzhosen und ein T-Shirt und sah eher aus wie ein Farmer. Er deutete auf den hölzernen Stuhl, den er aus der Küche geholt hatte. »Es tut mir leid, daß ich nicht schneller zur Tür gekommen bin. Ich arbeite gerade an der Predigt für morgen«, sagte er.

Ich setzte mich.

»Das ist in Ordnung, Sir.« Ich weiß nicht, warum, aber ich mußte einfach »Sir« zu ihm sagen. Irgendwie provozierte er das.

»Also gut, erzähl mir was von dir.«

Ich fand die Aufforderung ziemlich lächerlich, wo er doch meine Familie schon so lange kannte. Er hatte mich übrigens auch getauft, und seit meiner frühesten Kindheit sah er mich jeden Sonntag in der Kirche.

»Nun, Sir«, fing ich an, wußte aber nicht recht, was ich sagen sollte. »Ich bin jetzt Schülersprecher. Ich weiß nicht, ob Jamie Ihnen das erzählt hat.«

Er nickte. »Doch, das hat sie. Und weiter?«

»Und ... also, ich hoffe, ich bekomme im Herbst einen Studienplatz an der University of North Carolina. Die Bewerbungsunterlagen habe ich schon.«

Wieder nickte er. »Sonst noch was?«

Ich mußte zugeben, daß mir danach nichts mehr einfiel. Am liebsten hätte ich den Bleistift vom Tisch genommen und ihn auf meinem Finger balanciert, und zwar die vollen dreißig Sekunden lang, aber Hegbert war wohl nicht der Typ, den das beeindrucken würde.

»Ich glaube nicht.«

»Dürfte ich dir eine Frage stellen?«

»Natürlich, Sir.«

Dann sah er mich eine Weile lang durchdringend an, als müßte er sich die Frage überlegen.

»Warum hast du meine Tochter zu dem Ball eingeladen?« fragte er schließlich.

Ich war überrascht und wußte, daß es mir ins Gesicht geschrieben stand.

»Ich weiß nicht, was Sie meinen, Sir.«

»Du hast nicht vor, sie irgendwie ... in eine peinliche Situation zu bringen, oder?«

»Nein, Sir«, sagte ich und war schockiert angesichts der Unterstellung. »Überhaupt nicht. Ich brauchte eine Partnerin, und da habe ich sie gefragt. Das war alles.«

»Ihr habt keine Streiche vor?«

»Nein, Sir. Das würde ich nie tun...«

Das ging noch ein paar Minuten so – daß er meine wahren Absichten zu erforschen versuchte, meine ich –, aber zum Glück kam Jamie aus dem hinteren Zimmer. Wir drehten uns beide im selben Moment zu ihr um. Hegbert hörte endlich auf zu reden, worauf ich erleichtert aufatmete. Sie hatte einen ihrer hübschen blauen Röcke angezogen und eine weiße Bluse, die ich nicht kannte. Zum Glück hatte sie ihren Pullover im Schrank gelassen. Sie sah gar nicht so übel aus, das mußte ich zugeben, obwohl ich wußte, daß sie im Vergleich zu den anderen Mädchen nicht fein genug angezogen war. Wie immer hatte sie ihr Haar zu einem Knoten hochgesteckt. Ich persönlich war der Meinung, es hätte besser ausgesehen, wenn sie es offen getragen hätte, aber das hätte ich nie gesagt. Jamie sah aus... also, Jamie sah genauso aus wie immer, aber zum Glück hatte sie nicht vor, ihre Bibel mitzunehmen. Das hätte ich auch nicht ertragen.

»Du machst Landon doch nicht das Leben schwer, oder?« sagte sie fröhlich zu ihrem Vater.

»Wir plaudern nur ein wenig«, sagte ich schnell, bevor er etwas erwidern konnte. Ich hatte den Eindruck, daß er Jamie nicht gesagt hatte, was er von mir hielt, und fand diesen Moment irgendwie unpassend für eine solche Enthüllung.

»Ja, vielleicht sollten wir gehen«, sagte sie nach

einem Moment. Ich glaube, sie spürte die Anspannung im Zimmer. Sie ging zu ihrem Vater und küßte ihn auf die Wange. »Arbeite nicht zu lange an der Predigt, ja?«

»Ist gut«, sagte er sanft. Ich merkte, daß er sich nicht im geringsten scheute zu zeigen, wie lieb er sie hatte, obwohl ich danebenstand. Was er von mir hielt, war hier das einzige Problem.

Wir verabschiedeten uns, und auf dem Weg zum Auto gab ich Jamie ihr Blumensträußchen. Ich sagte, ich würde ihr zeigen, wie man es ansteckte, wenn wir im Auto saßen. Ich hielt ihr die Tür auf und ging dann zur anderen Seite und setzte mich hinter das Steuer. In dem kurzen Moment hatte Jamie die Blumen schon angesteckt.

»Ich bin nicht der letzte Dummkopf, weißt du. Ich weiß, wie man Blumen ansteckt.«

Ich startete den Wagen, und wir machten uns auf den Weg zur Schule, während mir die vorangegangene Unterhaltung durch den Kopf ging.

»Mein Vater mag dich nicht besonders«, stellte sie fest, als wüßte sie, was ich dachte.

Ich nickte und sagte nichts.

»Er findet dich unverantwortlich.«

Ich nickte wieder.

»Er mag deinen Vater auch nicht besonders.«

Wieder nickte ich.

»Und deine ganze Familie auch nicht.«

Ich hab's kapiert!

»Aber weißt du, was ich glaube?« fragte sie plötzlich.

»Nein, keine Ahnung.« Inzwischen war ich ziemlich deprimiert.

»Ich glaube, es ist alles Teil der göttlichen Vorsehung. Was, meinst du, soll es bedeuten?«

Jetzt geht das wieder los, dachte ich.

Schlimmer, als der Abend war, hätte er, wenn ich ganz ehrlich bin, gar nicht werden können. Die meisten meiner Freunde mieden mich, und Jamie hatte sowieso kaum Freunde, so daß wir den größten Teil des Abends allein verbrachten. Außerdem, und das machte es noch schlimmer, war meine Anwesenheit gar nicht mehr vonnöten. Weil Carey keine Partnerin finden konnte, war ihm die Aufsicht übertragen worden, und als ich das herausfand, machte mich das ziemlich mißmutig. Aber nach dem, was Jamies Vater zu mir gesagt hatte, konnte ich sie wohl schlecht früher nach Hause bringen, oder? Und dazu kam, daß sie sich richtig gut amüsierte, das sah sogar ich. Ihr gefielen die Dekorationen, die ich geholfen hatte anzubringen, ihr gefiel die Musik, ihr gefiel der ganze Ball. Sie beteuerte immer wieder, wie wunderbar sie alles fand, und fragte mich, ob ich ihr irgendwann einmal helfen würde, die Kirche für einen Tanztee zu schmücken. Ich murmelte, sie könne mich ja mal anrufen, und obwohl ich richtig lahm klang, dankte sie mir für meine Hilfsbereitschaft. Die erste Stunde war ich ziemlich niedergeschlagen, obwohl Jamie das nicht zu bemerken schien.

Jamie mußte um elf Uhr zu Hause sein, eine Stunde, bevor der Ball zu Ende war, was die Sache für mich etwas leichter machte. Als die Musik anfing, begaben wir uns aufs Parkett. Es stellte sich heraus, daß sie wirklich recht gut tanzen konnte – sogar besser als manche der anderen –, und so verging die Zeit ziemlich schnell. Bei einem Dutzend Songs ließ sie sich leicht von mir führen, danach setzten wir uns hin und unterhielten uns fast normal. Klar, es fielen auch Wörter wie Glaube und Freude und sogar Erlösung, und sie sprach davon, daß sie bei den Waisenkindern aushalf und halbtote Tiere von der Straße auflas, aber sie war so glücklich, daß es schwer war, sich nicht anstecken zu lassen.

Am Anfang war es also gar nicht so schlimm und keineswegs schlechter, als ich es mir vorgestellt hatte. Erst als Lew, Angelas Freund, auftauchte, wurde es ungemütlich.

Er kam kurz nach uns und hatte wieder eins von diesen blöden T-Shirts mit einer Schachtel Camel im Ärmel an und jede Menge Gel im Haar. Angela klebte regelrecht an ihm. Man mußte kein Hellseher sein, um zu erkennen, daß sie vorher schon etliches getrunken hatte. Ihr Kleid war todschick – ihre Mutter arbeitete in einem Friseursalon und war bestens über die neuesten Modetrends informiert –, außerdem bemerkte ich, daß sie eine damenhafte Angewohnheit angenommen hatte: das Kaugummikauen. Wie wild malmte sie auf dem Kaugummi herum, wie eine Kuh, die wiederkäute.

Nun, der gute, alte Lew tat einen Schuß in die alkoholfreie Bowle, so daß auch ein paar der Schüler einen Schwips bekamen. Als die Lehrer das spitzkriegten, war die Bowle schon fast leer. Die davon getrunken hatten, bekamen einen glasigen Blick, aber man konnte sehen, daß die Wirkung bald nachlassen würde. Bei Angela allerdings war es klar, daß ein kleiner Schluck ihr den Rest geben würde. Als ich sah, daß sie bei dem zweiten Glas Bowle war, wußte ich, daß ich sie nicht aus den Augen lassen durfte. Auch wenn sie mich sitzengelassen hatte, wollte ich nicht, daß es ihr dreckig ging. Mit ihr hatte ich zum ersten Mal einen Zungenkuß probiert. Zwar waren wir dabei so heftig mit den Zähnen zusammengestoßen, daß ich Sterne sah und ein Aspirin nehmen mußte, als ich wieder zu Hause war, aber ich hatte immer noch Gefühle für sie.

Ich saß also da, neben Jamie, und hörte kaum, was sie mir über die wunderbare Bibelschule erzählte, während ich Angela aus dem Augenwinkel beobachtete, als Lew meinen Blick bemerkte. Mit einer hektischen Bewegung packte er Angela um die Taille, zog sie mit sich zu unserem Tisch und warf mir einen dieser Blicke zu, der besagte: NIMM DICH IN ACHT. Man kann es sich vorstellen, oder?

»Hast du meine Freundin angemacht?« fragte er, und die Spannung stieg.

»Nein.«

»Doch, und ob«, sagte Angela fast lallend. »Er hat mich die ganze Zeit angestarrt. Das ist mein früherer Freund, der, von dem ich dir erzählt habe.«

Seine Augen wurden zu Schlitzen, genau wie bei Hegbert. Anscheinend habe ich auf viele Menschen eine ähnliche Wirkung.

»Also, du bist das«, schnaufte er verächtlich.

Ich bin nicht gerade der geborene Kämpfer. Ich war nur ein einziges Mal in eine Prügelei verwickelt, und das war in der dritten Klasse. Damals hatte ich schon verloren, bevor der andere Junge überhaupt zugeschlagen hatte, weil ich anfing zu weinen. Normalerweise konnte ich mich ohne weiteres aus solchen Dingen raushalten, weil ich ein eher passives Naturell hatte, und außerdem fing niemand mit mir Streit an, wenn Eric sich in meiner Nähe aufhielt. Aber Eric war mit Margaret irgendwo verschwunden, wahrscheinlich hinter die Bühne, jedenfalls war er nicht zu sehen.

»Ich habe nicht gestarrt«, sagte ich schließlich, »und ich weiß nicht, was sie dir erzählt hat, aber ich bezweifle, daß es stimmt.«

Seine Augen wurden noch schlitzförmiger. »Nennst du Angela eine Lügnerin?«

Oh, Mist. Ich glaube, er hätte mich auf der Stelle geschlagen, wenn Jamie sich nicht plötzlich eingemischt hätte.

»Ich kenne dich doch«, begann sie fröhlich und sah ihn an. Manchmal schien Jamie nicht wahrzunehmen, was direkt vor ihrer Nase passierte. »Doch, warte! Du arbeitest in der Autowerkstatt in der Stadt. Dein Vater heißt Joe, und deine Großmutter wohnt in der Foster Road, beim Bahnübergang.«

Ein verwirrter Blick huschte über Lews Gesicht, als versuchte er, ein Puzzle zusammenzusetzen, für das es zu viele Stücke gab.

»Woher weißt du das alles? Hat der hier das alles über mich erzählt?«

»Nein«, erwiderte Jamie, »natürlich nicht.« Sie lachte vor sich hin. Nur Jamie konnte in einem solchen Moment etwas zu lachen finden. »Ich habe ein Photo von dir im Haus deiner Großmutter gesehen. Ich kam gerade vorbei, als sie sich mit einer Einkaufstasche abschleppte. Das Photo von dir steht auf dem Kaminsims.«

Lew sah Jamie an, als wüchsen ihr Maiskolben aus den Ohren.

Jetzt fächerte Jamie sich mit der Hand Luft zu. »Wir haben uns gerade ein bißchen hingesetzt, weil wir Luft schöpfen wollten nach dem Tanzen. Es wird einem ganz schön heiß dabei. Wollt ihr euch zu uns setzen? Hier sind noch zwei Stühle. Ich würde gern hören, wie es deiner Großmutter geht.«

Sie klang so erfreut, daß Lew nicht wußte, was er tun sollte. Im Gegensatz zu uns, die wir an Jamie gewöhnt waren, hatte er noch nie jemanden wie sie kennengelernt. Einen Moment lang stand er unschlüssig da, als würde er überlegen, ob er den Jungen schlagen sollte, der mit dem Mädchen zusammen war, das seiner Großmutter geholfen hatte. Wenn sich das so schon kompliziert anhört, dann muß man sich mal klarmachen, welche Wirkung es auf Lews benzingeschädigtes Hirn hatte. Schließlich zog er ab und nahm Angela mit. Angela hatte inzwischen wahrscheinlich vergessen, wie alles angefangen hatte, weil sie schon zuviel getrunken hatte. Jamie und ich sahen ihm hinterher, und als er in sicherer Entfernung war, atmete ich aus. Ich hatte gar nicht gemerkt, daß ich die Luft angehalten hatte.

»Danke«, murmelte ich verlegen und mußte zugeben, daß Jamie – Jamie! – mich vor körperlichem Schaden bewahrt hatte.

Jamie sah mich verdutzt an. »Wofür?« fragte sie, und als ich nicht anfing, es ihr haarklein zu erklären, nahm sie ihre Geschichte von der Bibelschule wieder auf, als wäre nichts geschehen. Aber diesmal hörte ich ihr sogar zu, wenigstens mit einem Ohr. Das war das mindeste, was ich tun konnte.

Es stellte sich heraus, daß wir es an dem Abend noch einmal mit Lew und Angela zu tun bekommen sollten. Die zwei Gläser Bowle waren zuviel für Angela gewesen, und sie übergab sich in der Mädchentoilette. Lew, der auf Stil hielt, verließ das Fest, als er sie würgen hörte; er schlich sich davon, so wie er sich eingeschlichen hatte, und ward nicht mehr gesehen. Das Schicksal hatte Jamie dazu ausersehen, Angela in der Toilette zu finden, und sie erkannte sofort, daß es Angela nicht sehr gut ging. Uns blieb nichts anderes übrig als sie notdürftig zu säubern und nach Hause zu bringen, bevor die Lehrer davon Wind bekamen. Damals galt es als schlimme Sache, wenn man sich betrank. Angela mußte mit einem zeitweiligen Ausschluß vom Unterricht, wenn nicht sogar mit einem Verweis von der Schule rechnen, wenn sie erwischt wurde.

Jamie, die gute Seele, wollte das genausowenig wie ich, obwohl ich gedacht hatte, sie würde anders urteilen, weil Angela minderjährig war und gegen das Gesetz verstoßen hatte. Außerdem hatte sie eine der Regeln in Hegberts Verhaltenskodex verletzt. Hegbert hatte eine klare Meinung, was Gesetzesbrecher und das Trinken anging. Zwar hob er da nicht so ab wie bei dem Thema Unzucht, dennoch wußten wir alle, daß er es todernst meinte, und nahmen an, daß Jamie genauso dachte. Vielleicht tat sie das auch, aber ihr Helferinstinkt war stärker. Wahrscheinlich warf sie einen Blick auf Angela, dachte: »Verletzte Kreatur«, oder so ähnlich, und trat in Aktion. Zu zweit machten wir Eric hinter der Bühne ausfindig. Der erklärte sich bereit, an der Toilettentür Wache zu stehen, während Jamie und ich drinnen saubermachten. Angela hatte ganze Arbeit geleistet, das kann man sagen. Überall war Erbrochenes, nur nicht in der Toilettenschüssel. An den Wänden, auf dem Boden, in den Waschbecken – sogar an der Decke, obwohl ich nicht weiß, wie sie das geschafft hat. Da hockte ich also in meinem besten blauen Anzug beim Schülerball und wischte Erbrochenes auf – genau das, was ich von Anfang an vermeiden wollte. Und Jamie, meine Partnerin, kroch ebenfalls auf Knien herum und machte sauber.

Ich konnte Careys piepsiges, verrücktes Lachen irgendwo in der Ferne regelrecht hören.

Dann endlich schlichen wir uns durch die Hintertür der Turnhalle davon und hielten Angela aufrecht, indem wir sie zwischen uns stützten. Angela

Der 17-jährige Landon Carter *(Shane West)* ist ein Draufgänger

Jamie Sullivan (*Mandy Moore*) macht auf Landon immer den Eindruck, »als wäre sie auf dem Weg zu einem Vorstellungsgespräch in der Bücherei«

Landons Mutter Cynthia Carter *(Daryl Hannah)*, die ihren Sohn alleine aufziehen muß

Jamies Vater Hegbert Sullivan *(Peter Coyote)* ist der Pfarrer der örtlichen Gemeinde

Landon ist Teil der coolen Dorfclique, mit der er sich nach der Schule trifft

Als Landon an der High School die Hauptrolle in einem Theaterstück übernehmen muß, sucht er Hilfe bei Jamie

Die Aufführung wird ein voller Erfolg, und Landon entdeckt an Jamie Seiten, die ihm vorher verborgen waren.

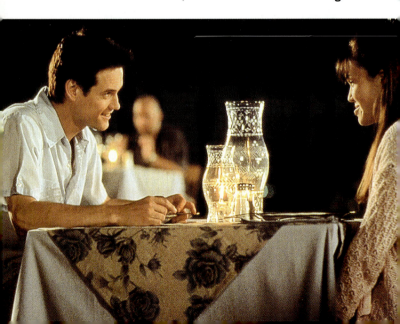

fragte immer wieder, wo Lew sei, aber Jamie sagte, sie solle sich keine Sorgen machen. Sie hatte eine sehr beruhigende Art, mit Angela zu sprechen, doch Angela war so weggetreten, daß ich bezweifle, ob sie wußte, wer da sprach. Wir luden Angela auf den Rücksitz meines Autos, wo sie praktisch sofort ohnmächtig wurde, jedoch nicht, ohne sich vorher noch einmal auf den Boden übergeben zu haben. Der Gestank war so widerlich, daß wir die Fenster runterkurbeln mußten, um nicht selbst zu würgen. Die Fahrt zu Angelas Haus kam mir extrem lang vor. Ihre Mutter kam zur Tür, warf einen Blick auf ihre Tochter und nahm sie mit ins Haus, ohne auch nur danke zu sagen. Ich glaube, es war ihr sehr peinlich, und wir mußten ihr ja sowieso nicht viel erklären. Was passiert war, lag ja auf der Hand.

Als wir Angela abluden, war es Viertel vor elf, also fuhren wir von dort direkt zu Jamies Haus. Ich war sehr besorgt, weil Jamie nach Angelas Erbrochenem roch und damit besudelt war, und betete insgeheim, daß Hegbert schon zu Bett gegangen sein möge. Ich wollte ihm die Lage nicht auseinandersetzen müssen. Oh, er würde Jamie bestimmt glauben, wenn sie es ihm erzählte, aber ich hatte das bedrückende Gefühl, daß er trotzdem mir die Schuld geben würde.

Ich brachte sie also zur Tür, wo wir unter dem Verandalicht stehenblieben. Jamie verschränkte die Arme und lächelte leicht. Sie sah aus, als wäre sie soeben von einem Abendspaziergang zurückgekehrt, bei dem sie die Schönheit der Natur bewundert hatte.

»Erzähl es bitte nicht deinem Vater«, bat ich sie.

»Das tue ich auch nicht«, sagte sie. Sie lächelte immer noch, als sie sich zu mir umdrehte. »Es war ein schöner Abend. Danke, daß du mich mit zum Ball genommen hast.«

Da stand sie, ihre Sachen mit Erbrochenem beschmiert, und dankte mir doch tatsächlich für den Abend. Jamie Sullivan konnte einen wirklich zum Wahnsinn treiben.

Kapitel 4

In den zwei Wochen nach dem Ball normalisierte sich mein Leben mehr oder weniger wieder. Mein Vater war nach Washington D. C. zurückgekehrt, wodurch der Alltag zu Hause etwas lustiger wurde, hauptsächlich deshalb, weil ich ungehindert aus dem Fenster klettern und mich zu meinen nächtlichen Treffen zum Friedhof schleichen konnte. Ich weiß nicht, was uns an dem Friedhof so sehr anzog. Vielleicht hatte es etwas mit den Grabsteinen zu tun, denn man saß auf ihnen erstaunlich bequem, dafür, daß es Grabsteine waren.

Normalerweise saßen wir auf den Gräbern der Familie Preston, die hier vor hundert Jahren beerdigt worden war. Es gab acht Grabsteine, die kreisförmig angeordnet waren, so daß wir die Erdnüsse bequem herumreichen konnten. Eines Tages beschlossen meine Freunde und ich, etwas über die Familie Preston herauszufinden. Deshalb gingen wir in die Bücherei und sahen nach, ob es da etwas über sie gab. Ich meine, wenn man schon auf dem Grabstein von jemandem sitzt, dann sollte man über denjenigen ruhig etwas wissen, oder?

Es stellte sich heraus, daß in den geschichtlichen Aufzeichnungen nichts Besonderes über die Familie zu finden war, aber ein interessantes Detail entdeckten wir dennoch. Henry Preston, der Vater, war Holzfäller gewesen, obwohl er nur einen Arm hatte. Ob man's glaubt oder nicht. Angeblich konnte er einen Baum genauso schnell fällen wie jeder andere, der noch beide Arme hatte. Ein einarmiger Holzfäller – darunter konnte man sich sofort etwas vorstellen, und deswegen unterhielten wir uns häufig über ihn. Wir überlegten uns, was er sonst noch mit nur einem Arm alles machen konnte, und diskutierten ausführlich darüber, wie schnell er einen Baseball werfen und ob er auf dem Intracoastal Waterway schwimmen konnte. Unsere Gespräche waren nicht gerade sehr anspruchsvoll, aber ich hatte trotzdem meinen Spaß.

Nun gut, an einem Samstag abend saßen Eric und ich mit ein paar anderen Freunden wieder da, aßen Erdnüsse und sprachen über Henry Preston, als Eric mich fragte, wie es mir beim Ball mit Jamie Sullivan ergangen sei. Wir beide hatten uns seither nicht viel gesehen, weil die Football-Ausscheidungsrunde schon angefangen hatte und Eric an den vergangenen beiden Wochenenden bei Auswärtsspielen gewesen war.

»Ach, es war ganz in Ordnung«, sagte ich schulterzuckend und gab mir Mühe, cool zu wirken.

Eric knuffte mich scherzhaft in die Rippen, und ich knurrte. Er war mindestens zwölf Kilo schwerer als ich.

»Hast du sie zum Abschied geküßt?«
»Nein.«

Er nahm einen langen Schluck aus seiner Budweiser-Dose, als ich antwortete. Ich weiß nicht, wie er es schaffte, aber er stieß nie auf Hindernisse, wenn er Bier kaufen wollte. Ich fand das merkwürdig, wo doch jeder in der Stadt wußte, wie alt er war.

Er wischte sich mit dem Handrücken über die Lippen und sah mich von der Seite her an.

»Ich finde, nachdem sie dir geholfen hat, das Klo sauberzumachen, hättest du sie wenigstens zum Abschied küssen können.«

»Habe ich aber nicht.«

»Hast du es wenigstens versucht?«

»Nein.«

»Warum nicht?«

»Bei ihr macht man so was nicht«, antwortete ich. Obwohl wir alle wußten, daß das stimmte, klang es so, als würde ich sie verteidigen.

Eric sprang sofort darauf an.

»Ich glaube, du magst sie«, sagte er.

»Du spinnst doch«, gab ich zurück, und er schlug mir auf den Rücken – so fest, daß mir die Luft wegblieb. Wenn ich den Abend mit Eric verbrachte, hatte ich am nächsten Tag immer ein paar blaue Flecken.

»Ja, ich spinne vielleicht«, sagte er und zwinkerte mir zu, »aber du bist derjenige, der in Jamie Sullivan verknallt ist.«

Ich wußte, daß wir uns auf gefährliches Terrain begaben.

»Ich habe sie nur benutzt, um bei Margaret Eindruck zu schinden«, widersprach ich, »und wenn ich mir die Liebesbriefe ansehe, die Margaret mir in letzter Zeit geschickt hat, muß es wohl geklappt haben.«

Eric lachte laut auf und schlug mir wieder auf den Rücken.

»Du und Margaret – das ist echt lustig...«

Ich war mir darüber im klaren, daß die Gefahr gebannt war, und atmete erleichtert auf, während die Unterhaltung in eine andere Richtung driftete. Ab und zu warf ich etwas ein, aber ich konzentrierte mich nicht richtig auf das, was die anderen sagten. Statt dessen hörte ich eine leise Stimme in mir drin, die sich fragte, was Eric angedeutet hatte.

Tatsache war, daß Jamie so ungefähr die beste Partnerin war, die ich hätte haben können, wenn man bedenkt, wie der Abend verlaufen war. Nicht viele Mädchen – nein, nicht viele Menschen – hätten sich so verhalten wie sie. Gleichzeitig bedeutete aber der Umstand, daß sie so patent gewesen war, nicht, daß ich sie besonders gut leiden mochte. Ich hatte seit jenem Abend nicht mit ihr gesprochen, außer wenn ich sie im Schauspielkurs sah, und auch dann waren es nur ein paar Worte hier und da. Wenn ich sie besonders gern hätte, sagte ich mir, hätte ich auch mit ihr reden wollen. Wenn ich sie so gern mochte, würde ich sie nach Hause begleiten oder sie zu Cecil's Diner mitnehmen und dort mit ihr Hushpuppies, wie die fritierten Maisbällchen hießen, essen und koffeinfreie Cola trinken wollen. Aber ich hatte zu nichts dergleichen Lust. Wirklich nicht. In meinen Augen hatte ich meine Strafe bereits verbüßt.

Am nächsten Tag – es war ein Sonntag – saß ich in meinem Zimmer und befaßte mich mit meiner Bewerbung für die UNC. Zusätzlich zu den Zeugnissen von meiner High School und anderen persönlichen Angaben verlangten sie fünf Aufsätze nach dem Standardmuster. *Wenn Sie einen Menschen aus der Geschichte kennenlernen könnten, wen würden Sie wählen und warum? Nennen Sie das wichtigste Ereignis in Ihrem Leben, und erläutern Sie, welche Wirkung es auf Sie hatte? Was erwarten Sie von einem Vorbild und warum?* Die Aufsätze waren ziemlich vorhersehbar – unser Englischlehrer hatte uns schon gesagt, was auf uns zukommen würde –, und ich hatte für die Schule bereits ein paar Aufsätze als Hausaufgabe vorbereitet.

Englisch war wahrscheinlich mein bestes Fach. Seit ich zur Schule ging, hatte ich nie eine Note, die schlechter war als Sehr gut, so daß ich froh war, daß bei der Bewerbung soviel Wert auf das Schriftliche gelegt wurde. Wäre es Mathematik gewesen, hätte ich mich schwergetan, besonders bei bestimmten Algebra-Aufgaben, in denen es darum geht, daß zwei Züge im Abstand von einer Stunde abfahren und einer mit vierzig Meilen pro Stunde in die entgegengesetzte Richtung fährt, usw. Ich war nicht unbedingt schlecht in Mathematik – meistens reichte es noch für ein Befriedigend –, aber es flog mir nicht gerade zu.

Ich schrieb also einen meiner Aufsätze, als das Telefon klingelte. Das einzige Telefon im Haus war in der Küche, ich mußte also nach unten laufen, um abzuheben. Als ich abhob, atmete ich so laut, daß ich die Stimme am anderen Ende nicht gleich erkennen konnte, aber es klang wie Angela. Sofort breitete sich ein Lächeln auf meinem Gesicht aus. Auch wenn sie die Toiletten vollgekotzt hatte und ich die Schweinerei hatte wegmachen müssen, war es doch meistens recht lustig mit ihr zusammen. Und ihr Kleid war wirklich klasse gewesen, wenigstens zu Beginn des Balls. Ich nahm an, daß sie sich bei mir bedanken wollte, oder vielleicht wollte sie sich sogar mit mir treffen, zu einem Grill-Sandwich oder einer Portion Hushpuppies oder so.

»Landon?«

»Oh, hallo«, sagte ich ganz cool, »wie geht's, wie steht's?«

Am anderen Ende entstand eine kleine Pause.

»Wie geht es dir?«

Erst in dem Moment begriff ich, daß ich nicht mit Angela sprach. Es war Jamie. Beinahe hätte ich den Hörer fallen gelassen. Ich kann nicht behaupten, daß ich froh war, ihre Stimme zu hören. Einen Moment lang wunderte ich mich, woher sie wohl meine Telefonnummer hatte, aber dann fiel mir ein, daß sie bestimmt im Kirchenregister stand.

»Landon?«

»Mir geht's gut«, brachte ich endlich, immer noch ziemlich perplex, hervor.

»Hast du viel zu tun?« fragte sie.

»Geht so.«

»Ach so...«, sagte sie und verstummte. Wieder eine Pause.

»Rufst du mich wegen etwas Bestimmtem an?« fragte ich.

Sie brauchte eine Weile, bis sie die Worte formulierte.

»Ja, also... ich wollte nur mal fragen, ob du Lust hättest, heute nachmittag bei mir vorbeizukommen.«

»Vorbeizukommen?«

»Ja. Bei mir zu Hause.«

»Bei dir zu Hause?« Ich gab mir keinerlei Mühe, die wachsende Überraschung in meiner Stimme zu verbergen. Jamie beachtete das gar nicht und redete weiter.

»Ich möchte etwas mit dir besprechen. Ich würde dich nicht bitten, wenn es nicht wichtig wäre.«

»Kannst du es mir nicht am Telefon sagen?«

»Das möchte ich nicht so gern.«

»Also, ich wollte heute nachmittag meine Aufsätze schreiben«, sagte ich in dem Versuch, mich herauszuwinden.

»Na ja... also gut... es ist zwar wichtig, aber wir können auch am Montag in der Schule darüber sprechen...«

Da wurde mir klar, daß sie nicht von der Sache lassen würde und daß wir so oder so darüber reden würden. Mein Verstand spielte die verschiedenen Möglichkeiten durch, um zu entscheiden, was ich tun sollte: dort mit ihr sprechen, wo meine Freunde uns sehen konnten, oder bei ihr zu Hause? Obwohl mir keine der Möglichkeiten besonders zusagte, nagte etwas in meinem Hinterkopf und erinnerte mich daran, daß sie zur Stelle war, als ich Hilfe bitter nötig hatte, und das mindeste, was ich tun konnte, war, mir anzuhören, was sie mir sagen wollte. Ich bin vielleicht unverantwortlich, aber wenigstens bin ich *nett* und unverantwortlich, auch wenn ich es selber sage.

Aber das brauchte natürlich kein anderer zu wissen.

»Nein«, sagte ich, »heute paßt es gut...«

Wir verabredeten uns für fünf Uhr, und der Rest des Nachmittags verrann langsam, wie die Tropfen bei einer chinesischen Wasserfolter. Ich ging um zwanzig vor fünf von zu Hause los und hatte reichlich Zeit für den Weg. Unser Haus lag nahe am Wasser im alten Teil der Stadt, nur ein paar Häuser von dem entfernt, in dem der Pirat Blackbeard gewohnt hatte, mit Blick über den Intracoastal Waterway. Jamie wohnte auf der anderen Seite der Stadt, jenseits der Bahngleise. Zwanzig Minuten würde ich brauchen.

Es war November und wurde allmählich kühler. Was mir an Beaufort wirklich gefiel, waren der Frühling und der Herbst, denn die dauerten praktisch endlos. Im Sommer wurde es etwas heiß, und ungefähr alle sechs Jahre schneite es im Winter; manchmal gab es im Januar eine Kälteperiode, die eine Woche oder so andauerte, aber meistens kam man im Winter mit einer leichten Jacke aus. Heute war einer von diesen wunderbaren Tagen – um die fünfundzwanzig Grad und wolkenloser Himmel.

Ich kam pünktlich bei Jamie an und klopfte an die Tür. Als Jamie öffnete, sah ich mit einem Blick, daß Hegbert nicht da war. Da es nicht warm genug war für einen süßen Tee oder eine Limonade, setzten wir uns auf die Stühle auf der Veranda, ohne etwas zu trinken. Die Sonne am Himmel stand schon tief, auf der Straße war niemand zu sehen. Diesmal brauchte ich den Stuhl nicht umzudrehen, denn er war immer noch nicht verrückt worden, seit ich das letzte Mal darauf gesessen hatte.

»Danke, daß du gekommen bist, Landon«, fing sie an. »Ich weiß, daß du zu tun hast, aber ich bin dir dankbar, daß du dir hierfür Zeit genommen hast.«

»Was gibt es denn so Wichtiges?« fragte ich sofort, um die Sache so schnell wie möglich hinter mich zu bringen.

Zum ersten Mal, seit ich Jamie kannte, wirkte sie nervös, während wir so dasaßen. Immer wieder legte sie die Hände zusammen und nahm sie auseinander.

»Ich möchte dich um einen Gefallen bitten«, sagte sie ganz ernst.

»Um einen Gefallen?«

Sie nickte.

Erst dachte ich, sie wollte mich bitten, mit ihr die Kirche zu schmücken, was sie beim Ball schon erwähnt hatte, doch dann kam mir der Gedanke, daß sie vielleicht das Auto meiner Mutter brauchte, um für die Waisenkinder irgendwas zu transportieren. Jamie hatte keinen Führerschein, und abgesehen davon brauchte Hegbert das Auto selbst, weil er immer zu einer Beerdigung oder so fahren mußte. Doch es dauerte noch ein paar Sekunden, bevor sie weitersprach.

Sie seufzte und faltete die Hände wieder.

»Ich wollte dich fragen, ob du in unserem Theaterstück die Rolle des Tom Thornton übernehmen könntest«, sagte sie.

Tom Thornton, das hatte ich ja schon erklärt, war der Mann, der für seine Tochter die Spieluhr sucht und den Engel trifft. Abgesehen von dem Engel war es die wichtigste Rolle.

»Also ... ich weiß nicht«, entgegnete ich verwirrt. »Ich dachte, Eddie Jones sollte den Tom spielen. Das hat Miss Garber jedenfalls gesagt.«

Eddie Jones war ein bißchen wie Carey Dennison. Er war ganz dünn und hatte das Gesicht voller Pickel, und wenn er mit einem sprach, kniff er die Augen ganz eng zusammen. Er hatte ein nervöses Zucken und konnte nicht anders, als die Augen zusammenzukneifen, wenn er nervös war, und das war er eigentlich ständig. Wahrscheinlich würde er seinen Text wie ein gemütskranker Blinder aufsagen, wenn er vor dem Publikum stand. Außerdem kam hinzu, daß er stotterte, so daß er ewig brauchte, bis er überhaupt etwas über die Lippen bekam. Miss Garber hatte ihm die Rolle gegeben, weil er der einzige war, der sich dafür gemeldet hatte, aber es war klar, daß sie ihn nicht wollte. Auch Lehrer waren Menschen, aber sie hatte keine andere Wahl, weil sich sonst niemand bereit erklärt hatte, sie zu übernehmen.

»So hat Miss Garber es nicht ausgedrückt. Sie hat gesagt, daß Eddie die Rolle spielen könnte, wenn niemand anders sie probieren wollte.«

»Kann es nicht ein anderer spielen?«

Aber es gab niemanden, das wußte ich auch. Weil Hegbert wollte, daß nur Schüler aus der Abschlußklasse mitmachten, wurde es in diesem Jahr eng. Im Jahrgang der Abschlußklasse gab es ungefähr fünfzig Jungen, von denen zwanzig im Football-Team mitspielten, und da das Team in der Ausscheidung um den Ländertitel mitmachte, hatten die Jungen keine Zeit für Proben. Von den dreißig übrigen waren über die Hälfte in der Kapelle und mußten nach der Schule auch an Proben teilnehmen. Eine schnelle Überschlagsrechnung ergab, daß es ungefähr ein Dutzend Jungen gab, die in Frage kamen.

Ich hatte überhaupt keine Lust, bei dem Stück mitzumachen, und das lag nicht nur daran, daß ich inzwischen gemerkt hatte, wie entsetzlich langweilig der Schauspielkurs war. Aber ich hatte Jamie schon zum Ball mitgenommen, und der Gedanke, jetzt noch einen Monat lang jeden Nachmittag mit ihr zu verbringen, da sie ja den Engel spielte, war mir unerträglich. Einmal mit ihr gesehen worden zu sein war schon schlimm genug ... aber jeden Tag? Was würden meine Freunde sagen?

Aber ich sah, wie wichtig es für sie war. Schon die Tatsache, daß sie mich gefragt hatte, machte das deutlich. Jamie bat nie jemanden um einen Gefallen. Ich glaube, insgeheim vermutete sie, daß niemand ihr einen Gefallen erweisen würde, weil sie so war, wie sie war. Allein der Gedanke machte mich traurig.

»Was ist mit Jeff Bangert? Vielleicht hat der Lust dazu«, sagte ich.

Jamie schüttelte den Kopf. »Er hat keine Zeit. Sein Vater ist krank. Er muß nach der Schule im Geschäft arbeiten, bis sein Vater wieder gesund ist.«

»Und Darren Woods?«

»Der hat sich letzte Woche auf dem Boot den Arm gebrochen. Er hat den Arm in Gips.«

»Wirklich? Das wußte ich gar nicht...« Ich tat erstaunt, um Zeit zu gewinnen, aber Jamie durchschaute mich.

»Ich habe dafür gebetet, Landon«, sagte sie schlicht und seufzte zum zweiten Mal.

»Ich möchte gern, daß das Stück dieses Jahr etwas ganz Besonderes ist, nicht meinetwegen, aber meinem Vater zuliebe. Es soll die beste Aufführung aller Zeiten sein. Ich weiß, wieviel es ihm bedeuten wird, mich als Engel zu sehen, weil das Stück ihn an meine Mutter erinnert...« Sie brach ab und ordnete ihre Gedanken. »Es wäre schrecklich, wenn das Stück dieses Jahr ein Reinfall wäre, besonders, da ich mitmache.«

Wieder machte sie eine Pause und sprach dann weiter, jetzt noch eindringlicher.

»Ich weiß, daß Eddie sich größte Mühe geben würde. Und es ist mir nicht peinlich, mit ihm zusammen auf der Bühne zu stehen, wirklich nicht. Eigentlich ist er ein sehr netter Junge, aber er hat mir gesagt, daß er Zweifel habe, ob er für die Rolle geeignet sei. Manchmal können die anderen Schüler so... so häßlich sein, und ich will nicht, daß Eddie darunter leidet. Aber...« Sie atmete tief ein. »Aber der eigentliche Grund, warum ich dich bitte, hat mit meinem Vater zu tun. Er ist ein so *guter* Mensch, Landon. Wenn die Leute sich lustig machen über seine Erinnerungen an meine Mutter, und ich spiele die Rolle... also, das würde mir das Herz brechen. Und wenn ich mit Eddie zusammen spiele... du weißt, was die Leute dann sagen würden.«

Ich nickte mit zusammengepreßten Lippen, wußte ich doch, daß ich einer von denen gewesen wäre, die sie meinte. Ich hatte sogar schon so geredet. Jamie und Eddie, das dynamische Duo, nannten wir sie, nachdem Miss Garber verkündet hatte, daß die beiden die Hauptrollen spielten. Die Tatsache, daß ich den Spruch aufgebracht hatte, war mir sehr unangenehm. Fast wurde mir schlecht.

Sie richtete sich etwas auf und sah mich traurig an, als ob sie schon wüßte, daß ich nein sagen würde. Vermutlich ahnte sie nicht, wie ich mich fühlte. Dann fuhr sie fort: »Ich weiß, daß Herausforderungen immer auch zur göttlichen Vorsehung gehören, aber ich mag nicht glauben, daß der Herr grausam ist, und schon gar nicht zu meinem Vater. Mein Vater stellt sein Leben in den Dienst Gottes, er dient der Gemeinschaft. Und er hat schon seine Frau verloren und mußte mich allein großziehen. Ich liebe ihn so sehr dafür...«

Jamie wandte sich ab, aber ich konnte die Tränen in ihren Augen sehen. Es war das erste Mal, daß ich sie weinen sah. Ich glaube, ich hätte am liebsten auch geweint.

»Ich bitte dich nicht meinetwegen«, sagte sie leise, »wirklich nicht, und wenn du nein sagst, dann bete ich trotzdem für dich. Das verspreche ich. Aber wenn du einem wunderbaren Mann, der mir so viel bedeutet, eine Freundlichkeit erweisen willst... Kannst du einfach drüber nachdenken?«

Sie blickte mich an wie ein Cockerspaniel, der gerade auf den Teppich gepinkelt hat. Ich sah auf meine Schuhe.

»Ich brauche nicht darüber nachzudenken«, sagte ich schließlich. »Ich mache es.«

Mir blieb ja schließlich nichts anderes übrig, oder?

Kapitel 5

Am nächsten Tag redete ich mit Miss Garber, sprach vor und bekam die Rolle. Übrigens war Eddie überhaupt nicht unglücklich. Im Gegenteil, ich merkte, daß er über die Wendung sehr erleichtert war. Als Miss Garber ihn fragte, ob er bereit sei, mir die Rolle des Tom Thornton zu überlassen, entspannte sich sein Gesicht, und eins seiner Augen öffnete sich weit. »J... j... ja... na... na... natürlich«, stotterte er. »I... i... ich ver... verstehe das.« Er brauchte gut zehn Sekunden, um die Worte herauszubringen.

Aus Dank für seine Großzügigkeit gab Miss Garber ihm dann die Rolle des Penners. Wir wußten, daß er die ziemlich gut spielen würde. Der Penner war nämlich völlig stumm, aber der Engel wußte immer, was er dachte. Es gab eine Stelle in dem Stück, da mußte der Engel dem stummen Penner kundtun, daß Gott immer auf ihn aufpassen würde, weil Gott sich besonders um die Armen und Gebeugten kümmerte. Das war einer der Hinweise für die Zuschauer, daß die Frau vom Himmel gesandt war. Wie gesagt, Hegbert wollte, daß es sonnenklar war, wer das Heil und die Erlösung brachte, und mit Sicherheit waren das nicht ein paar spillerige Gespenster, die aus dem Nichts auftauchten.

Die Proben fingen in der Woche danach an, und zwar im Klassenzimmer, weil wir erst dann ins Playhouse durften, wenn wir all die »kleinen Patzer« ausgemerzt hatten. Mit »kleinen Patzern« meine ich unsere Angewohnheit, aus Versehen die Kulissen umzustoßen. Die waren nämlich fünfzehn Jahre zuvor, als das Stück zum ersten Mal aufgeführt wurde, von Toby Bush gemacht worden, dem »rasenden Handwerker«, der schon manches Projekt für das Playhouse gezimmert hatte. »Rasend« nannte man ihn, weil er den ganzen Tag bei der Arbeit Bier trank und so ab zwei Uhr richtig in Fahrt geriet. Vermutlich war seine Sehkraft beeinträchtigt, denn er haute sich mindestens einmal am Tag mit dem Hammer auf die Finger. Dann warf er den Hammer hin, hüpfte auf und ab, hielt sich die Finger und verfluchte jedermann, angefangen bei seiner Mutter bis hin zum Teufel. Wenn er sich wieder beruhigt hatte, trank er erst mal ein Bier, um den Schmerz zu betäuben, dann ging er wieder an die Arbeit. Seine Fingerknöchel waren so groß wie Walnüsse und ständig geschwollen von der Arbeit, und keiner wollte ihm eine feste Anstellung geben. Hegbert hatte Toby Bush nur deshalb den Auftrag gegeben, weil der das günstigste Angebot weit und breit gemacht hatte.

Aber Hegbert erlaubte weder Trinken noch Fluchen, und Toby fiel es schwer, bei diesem strengen

Regiment richtig in Schwung zu kommen. Das führte dazu, daß er die Arbeiten etwas nachlässig ausführte, obwohl sie nicht regelrecht mißraten waren. Als nach ein paar Jahren die Kulissen aus dem Leim gingen, machte Hegbert sich daran, sie auszubessern. Doch auch wenn er sehr wirkungsvoll mit der Faust auf die Kanzel zu schlagen pflegte, zeigte er beim Nägeleinschlagen längst nicht dieses Geschick; die Kulissen hatten sich verzogen, rostige Nägel ragten überall heraus, so daß man sehr aufpassen mußte, nicht mit ihnen in Berührung zu kommen. Entweder liefen wir Gefahr, uns zu verletzen, wenn wir an die Kulissen stießen, oder aber sie fielen um und die Nägel zerschrammten den Bühnenboden. Nach ein paar Jahren mußte der Fußboden im Playhouse erneuert werden, woraufhin Hegbert – weil er nicht des Hauses verwiesen werden konnte – versprechen mußte, in Zukunft achtsamer zu sein. Deswegen also mußten wir im Klassenzimmer proben, bis wir die »kleinen Patzer« ausgemerzt hatten.

Weil Hegbert seinen pastoralen Pflichten nachkommen mußte, war er zum Glück nicht an der Produktion an sich beteiligt. Das war Miss Garbers Bereich, und die erste Aufgabe, die sie uns stellte, bestand darin, daß wir unseren Text so schnell wie möglich lernen sollten. Wir hatten nicht soviel Zeit für die Proben wie sonst, weil Thanksgiving auf das letzte Novemberwochenende fiel und Hegbert nicht wollte, daß das Stück zu kurz vor Weihnachten aufgeführt wurde, damit sich SEINE WAHRE BEDEUTUNG klar entfalten konnte. Also hatten wir gerade einmal drei Wochen, eine Woche weniger als sonst.

Die Proben fingen um drei Uhr an. Jamie konnte ihren Text gleich am ersten Tag auswendig, was eigentlich nicht so erstaunlich war. Das Erstaunliche war, daß sie meinen Text und den der anderen auch konnte. Wir probten eine Szene, und sie machte ohne ihr Skript mit, während ich immer wild in den Seiten blätterte, um meinen nächsten Einsatz zu finden, und jedesmal, wenn ich aufsah, hatte sie einen so leuchtenden Ausdruck in den Augen, als wartete sie auf den brennenden Dornbusch oder so was. Die einzige Rolle, die ich auswendig konnte, war die von dem stummen Penner, wenigstens am ersten Tag, und plötzlich war ich richtig neidisch auf Eddie, jedenfalls in dieser Hinsicht. Mir stand ein Haufen Arbeit bevor – nicht gerade das, was ich mir vorgestellt hatte, als ich mich für den Kurs eingetragen hatte.

Meine edlen Gefühle, die mich bewogen hatten, bei dem Stück mitzumachen, hatten sich am zweiten Probentag verflüchtigt. Obwohl ich wußte, daß ich DAS RICHTIGE tat, verstanden meine Freunde mich überhaupt nicht und zogen mich unbarmherzig auf. »Was machst du?« fragte Eric, als er davon hörte. »Du spielst in dem Stück mit Jamie Sullivan mit? Bist du wahnsinnig oder einfach nur bescheuert?« Ich murmelte etwas davon, daß es gute Gründe dafür gebe, aber er ließ die Sache nicht auf sich beruhen und erzählte allen anderen, daß ich in Jamie verliebt sei. Natürlich leugnete ich es, aber darauf antworteten sie nur, das sei der beste Beweis, lachten laut und erzählten es dem nächsten weiter. Die Geschichten wurden immer wilder – in der Mittagspause hörte ich von Sally, daß ich mich mit Gedanken an eine Verlobung trüge. Ich glaube sogar, daß Sally eifersüchtig war. Sie war schon seit ein paar Jahren in mich verliebt, und vielleicht hätte ich ihre Gefühle erwidern können, aber sie hatte ein Glasauge, eine Tatsache, die ich unmöglich übersehen konnte. Ihr kaputtes Auge erinnerte mich an eine ausgestopfte Eule in einem Trödelladen, und ehrlich gesagt kriegte ich jedesmal, wenn ich sie ansah, eine Gänsehaut.

Vermutlich wurde ich zu diesem Zeitpunkt langsam wieder sauer auf Jamie. Ich weiß, daß sie nichts dafür konnte, aber ich mußte bei Hegbert den Kopf hinhalten, der sich seinerseits am Abend des Schulballs nicht gerade angestrengt hatte, freundlich zu mir zu sein. In den nächsten Tagen stolperte ich durch meine Rolle und gab mir keine richtige Mühe, sie zu lernen. Ab und zu machte ich einen Witz, über den alle außer Jamie und Miss Garber lachten. Nach der Probe eilte ich nach Hause und versuchte, das Stück zu vergessen; ich nahm nicht einmal meinen Text mit nach Hause. Statt dessen riß ich Witze mit meinen Freunden über die komischen Sachen, die Jamie angeblich tat, und machte allen weis, daß Miss Garber mich gezwungen hätte, die Rolle zu übernehmen.

Jamie machte es mir allerdings auch nicht leichter. Im Gegenteil, sie traf mich genau da, wo es weh tat – sie erschütterte mein Selbstbewußtsein.

Am folgenden Samstagabend, ungefähr eine Woche nach dem Beginn der Proben und einen Tag nach dem dritten Sieg in Folge für das Football-Team der Beaufort High School, ging ich mit Eric aus. Wir hingen am Strand vor Cecil's Diner herum, aßen Hushpuppies und sahen zu, wie andere in ihren Autos auf und ab fuhren, als Jamie die Straße entlangkam. Sie war noch an die hundert Meter entfernt und blickte sich suchend um. Sie trug wieder die alte braune Strickjacke und hatte die Bibel in der Hand. Es muß wohl so gegen neun Uhr gewesen sein, und es war verwunderlich, daß sie so spät noch draußen war. Noch verblüffender jedoch war es, sie in diesem Teil der Stadt zu sehen. Ich wandte ihr den Rücken zu und schlug den Kragen meiner Jacke hoch, aber sogar Margaret – die da, wo ihr Verstand hätte sein sollen, Bananenmus hatte – war so schlau zu begreifen, wen Jamie suchte.

»Landon, deine Freundin ist hier.«

»Sie ist nicht meine Freundin«, sagte ich. »Ich habe keine Freundin.«

»Deine Verlobte dann eben.«

Wahrscheinlich hatte sie auch mit Sally gesprochen.

»Ich bin nicht verlobt«, schnaubte ich, »hör doch auf mit dem Unsinn!«

Ich warf einen Blick über meine Schulter, um zu sehen, ob Jamie uns entdeckt hatte, was offenbar der Fall war. Sie kam auf uns zu. Ich tat, als merkte ich nichts.

»Hier kommt sie«, kommentierte Margaret und kicherte.

Zwanzig Sekunden später sagte sie wieder: »Sie kommt auf uns zu.«

Ich erwähnte ja schon, daß Margaret ein bißchen unterbelichtet war.

»Ich weiß«, zischte ich zwischen zusammengebissenen Zähnen. Wenn sie nicht so gute Beine gehabt hätte, würde sie einen zum Wahnsinn treiben, genau wie Jamie.

Ich sah mich noch einmal um, und diesmal wußte Jamie, daß ich sie gesehen hatte, denn sie lächelte und winkte mir zu. Ich drehte mich um, doch einen Moment darauf stand sie neben mir.

»Hallo, Landon«, sagte sie und bemerkte meine Verachtung gar nicht. »Hallo, Eric, Margaret…« Sie begrüßte jeden in der Gruppe. Alle murmelten ein Hallo und gaben sich Mühe, nicht auf die Bibel zu starren.

Eric versuchte, die Bierdose, die er in der Hand hatte, irgendwo verschwinden zu lassen. Jamie konnte sogar in Eric Schuldgefühle wecken, wenn sie nah genug an ihn herankam. Früher waren sie einmal Nachbarn gewesen, und Eric hatte sich ihre Reden manchmal anhören müssen. Hinter ihrem Rücken nannte er sie die »Heilsdame«, in Anlehnung an die Heilsarmee. »Sie könnte General-Brigadier werden«, sagte er gerne. Aber wenn sie vor ihm stand, sah die Sache schon anders aus. Er glaubte, daß sie einen direkten Draht zu Gott hatte, da wollte er sich lieber nicht mit ihr anlegen.

»Wie geht es dir, Eric? In letzter Zeit habe ich dich kaum gesehen.« Sie sagte das so, als würde sie jeden Tag mit ihm sprechen.

Er scharrte mit den Füßen und sah auf seine Schuhe, und sein schlechtes Gewissen stand ihm deutlich ins Gesicht geschrieben.

»Tja, in letzter Zeit war ich nicht in der Kirche«, antwortete er.

Jamie sah ihn mit einem Strahlen an. »Na, das macht doch nichts, solange es nicht zur Gewohnheit wird.«

»Ich paß schon auf.«

Also, ich weiß, was eine Beichte ist – wenn Katholiken hinter einer Wand sitzen und einem Priester alles über ihre Sünden erzählen –, und so war Eric, wenn er Jamie traf. Einen Moment lang dachte ich, er würde sie Madam nennen.

»Möchtest du ein Bier?« fragte Margaret. Ich glaube, es sollte lustig sein, aber keiner lachte.

Jamie hob die Hand an den Kopf und befühlte sanft ihren Knoten.

»Oh... nein... lieber nicht... aber danke.«

Sie sah mich mit einem wirklich lieben Lächeln an, was ein deutliches Zeichen dafür war, daß die Sache nicht gut für mich ausgehen würde. Ich dachte, sie würde mich bitten, mit ihr allein zu reden, was ehrlich gesagt auch besser gewesen wäre, aber vermutlich kam ihr das nicht in den Sinn.

»Diese Woche warst du richtig gut bei den Proben«, sagte sie zu mir. »Ich weiß, daß du viel Text zu lernen hast, aber ich bin mir sicher, daß du die Rolle bald kannst. Und ich wollte dir einfach dafür danken, daß du dich bereit erklärt hast einzuspringen. Du bist ein echter Gentleman.«

»Danke«, sagte ich und spürte, wie sich in meinem Magen ein Loch auftat. Ich versuchte, cool zu bleiben, aber alle meine Freunde hatten die Augen auf mich gerichtet und fragten sich, ob es wohl stimmte, daß Miss Garber mich gezwungen hatte, die Rolle zu übernehmen. Ich hoffte, sie würden es nicht bemerken.

»Deine Freunde können stolz auf dich sein«, meinte Jamie und machte diese Hoffnung zunichte.

»Oh, wir sind stolz auf ihn«, platzte Eric heraus. »Sehr stolz sogar. Er ist ein guter Mensch, unser Landon, weil er sich bereit erklärt hat.«

O nein.

Jamie lächelte ihm zu, dann wandte sie sich wieder an mich, unvermindert fröhlich. »Ich wollte dir auch noch sagen, daß du jederzeit bei mir vorbeikommen kannst, wenn du Hilfe brauchst. Wir setzen uns dann wieder auf die Veranda wie damals und üben deine Rolle, wenn du magst.«

Ich sah, wie Eric in Margarets Richtung tonlos die Worte »wie damals« formte. Dieses Gespräch verlief nicht besonders glücklich. Inzwischen war das Loch in meinem Magen so groß wie Paul Bunyons Bowling-Kugel.

»Danke«, murmelte ich und überlegte, wie ich mich aus der Sache herauswinden konnte. »Ich lerne sie zu Hause.«

»Na ja, manchmal hilft es, wenn einer mit dir übt, Landon«, fiel Eric ein.

Ich sagte ja schon, daß er keine Gelegenheit ungenutzt ließ, um mich aufzuziehen, obwohl er mein Freund war.

»Nein, wirklich«, sagte ich, »ich lerne meine Rolle allein.«

»Vielleicht solltet ihr es vor den Waisenkindern aufführen«, schlug Eric mit einem Lächeln vor, »wenn ihr es ein bißchen besser könnt. So eine Art Generalprobe vielleicht. Bestimmt fänden sie das toll.«

Man konnte direkt sehen, wie Jamies Verstand bei dem Wort »Waisenkinder« zu arbeiten anfing. Jeder wußte, worauf sie ansprang. »Meinst du wirklich?« fragte sie.

Eric nickte voller Ernst. »Ich bin überzeugt davon. Landon hatte die Idee als erster, aber ich weiß, daß ich so etwas wunderbar finden würde, wenn ich ein Waisenkind wäre, auch wenn es nicht richtiges Theater wäre.«

»Ich auch«, ließ Margaret sich vernehmen.

Während sie sprachen, fiel mir die Szene aus Julius Cäsar ein, wo Brutus Cäsar in den Rücken sticht. *Et tu Eric?*

»Und es war Landons Idee?« fragte sie und runzelte die Stirn. So, wie sie mich ansah, war es klar, daß der Gedanke sie beschäftigte.

Aber Eric ließ nicht so leicht locker. Jetzt, wo er mich an der Angel hatte, konnte er mich ebensogut auch ausweiden. »Das würde dir doch Spaß machen,

Landon, oder?« sagte er. »Den Waisenkindern zu helfen, meine ich.«

Darauf konnte man wohl kaum ›nein‹ sagen, oder?

»Schon möglich«, knurrte ich und warf meinem besten Freund wütende Blicke zu. Eric war zwar in der Nachhilfegruppe, aber als Schachspieler hätte er es bestimmt weit gebracht.

»Gut, dann wäre das ja geklärt. Wenn du einverstanden bist, Jamie.« Sein Lächeln war so süß, daß man die Cola im halben County damit hätte süßen können.

»Ja ... na ja, ich muß mit Miss Garber sprechen und mit dem Direktor des Waisenhauses, aber wenn die nichts dagegen haben, dann wird es bestimmt gut.«

Ganz offensichtlich war sie richtig glücklich darüber.

Schachmatt.

Am nächsten Tag brachte ich vierzehn Stunden damit zu, meinen Text zu lernen, meine Freunde zu beschimpfen und mich zu fragen, wie mein Leben so außer Kontrolle geraten konnte. Mein Jahr in der Abschlußklasse gestaltete sich ganz und gar nicht so, wie ich mir das zu Beginn des Jahres vorgestellt hatte. Aber wenn ich schon vor einer Meute von Waisenkindern Theater spielen mußte, wollte ich wenigstens nicht wie der letzte Trottel dastehen.

Kapitel 6

Als erstes sprachen wir mit Miss Garber über unseren Plan für die Waisenkinder, und sie hielt es für eine großartige Idee. Großartig, das war ihr Lieblingswort, nachdem sie einen mit dem langgezogenen »Hallooooo« begrüßt hatte. Als sie am Montag merkte, daß ich meinen ganzen Text auswendig konnte, sagte sie »großartig«, und in den nächsten zwei Stunden sagte sie es jedesmal, wenn wir eine Szene durchgeprobt hatten. Am Ende der Proben am Montag hatte ich es ungefähr viertrillionenmal gehört.

Aber Miss Garber setzte unserer Idee noch die Krone auf. Sie erzählte der Klasse, was wir vorhatten, und fragte die anderen Mitwirkenden, ob sie bereit wären, mitzumachen, damit die Waisenkinder das ganze Stück zu sehen bekämen. So wie sie fragte, konnte man natürlich nur zustimmen. Miss Garber ließ ihren Blick über die Anwesenden schweifen und wartete auf ein Nicken, damit es eine offizielle Entscheidung war. Keiner rührte sich, außer Eddie. Irgendwie hatte er eine Fliege in die Nase bekommen und mußte heftig niesen. Die Fliege schoß aus seiner Nase über den Tisch und auf den Boden, genau neben Norma Jeans Bein. Norma Jean sprang von ihrem Stuhl auf und kreischte laut, und alle drum herum riefen: »Igitt... wie eklig!« Die übrigen reckten die Hälse und versuchten mitzubekommen, was passiert war. In den nächsten Sekunden war die Hölle los. Für Miss Garber war das genau die Antwort, die sie haben wollte.

»Großartig«, sagte sie und beendete die Diskussion.

Jamie war mittlerweile richtig angetan von der Idee, eine Aufführung für die Waisenkinder zu machen. Bei den Proben zog sie mich in einer Pause beiseite und bedankte sich bei mir, daß ich an die Waisenkinder gedacht hatte. »Du konntest das ja nicht wissen«, sagte sie fast verschwörerisch, »aber ich hatte mir schon Gedanken darüber gemacht, was ich dieses Jahr für die Waisenkinder tun könnte. Ich bete schon seit Monaten dafür, weil ich möchte, daß dieses Weihnachten ein ganz besonderes Fest für sie wird.«

»Warum ist dieses Weihnachten so wichtig?« fragte ich, und sie lächelte geduldig, als hätte ich eine Frage gestellt, die nicht wirklich von Bedeutung war.

»Es ist einfach so«, antwortete sie schlicht.

Als nächstes mußten wir den Plan mit Mr. Jenkins besprechen, dem Direktor des Waisenhauses. Ich kannte Mr. Jenkins nicht, weil das Waisenhaus in Morehead City war, auf der anderen Seite der Brücke von Beaufort, und ich noch nie Grund gehabt hatte, dorthin zu gehen. Als Jamie mich am nächsten Tag mit der Nachricht überraschte, daß wir Mr. Jenkins noch am selben Abend aufsuchen würden, befürchtete ich, daß ich nicht gut genug angezogen war. Ich wußte ja, daß es ein Waisenhaus war, aber ein Junge möchte trotzdem einen guten Eindruck machen. Auch wenn ich wegen dieser Sache nicht so aufgeregt war wie Jamie (niemand war so aufgeregt wie Jamie), wollte ich nicht als derjenige dastehen, der den Waisenkindern das Weihnachtsfest vermasselte.

Bevor wir zu unserer Verabredung gingen, mußten wir bei mir zu Hause vorbei, um das Auto meiner Mutter zu holen. Bei der Gelegenheit wollte ich mich schnell umziehen. In den zehn Minuten, die der Weg dauerte, war Jamie recht schweigsam. Sie fing erst an zu reden, als wir in unsere Gegend kamen. Die Häuser waren alle groß und gepflegt, und sie wollte wissen, wer wo wohnte und wie alt die Häuser waren. Ich beantwortete ihre Fragen, ohne richtig nachzudenken, doch als ich unsere Haustür öffnete, wurde mir plötzlich bewußt, wie anders diese Welt war im Vergleich zu ihrer. Sie wirkte richtig erschüttert, als sie sich im Wohnzimmer umsah und die Einrichtung betrachtete. Mit Sicherheit war dies das schickste Haus, das sie je betreten hatte. Ich sah, wie ihr Blick zu den Bildern an den Wänden wanderte. Meine Vorfahren, wenn man so will. Wie bei vielen Familien in den Südstaaten konnte man meine Herkunft an dem Dutzend Gesichter ablesen, die an der Wand hingen. Jamie starrte sie an – ich glaube, sie suchte eine Ähnlichkeit –, dann sah sie sich die Einrichtung an, die so gut wie neu aussah, auch nach zwanzig Jahren. Die Möbel waren aus Mahagoni oder Kirschbaumholz und für jedes Zimmer maßgefertigt. Sie waren hübsch, das gebe ich zu, aber normalerweise dachte ich nicht darüber nach. Für mich war es einfach ein Haus, in dem ich besonders das Fenster in meinem Zimmer schätzte, das auf den Balkon im ersten Stock führte. Das war mein Fluchtloch. Ich zeigte ihr das Erdgeschoß: das Wohnzimmer, die Bibliothek, das Fernsehzimmer und das Eßzimmer, und Jamies Augen wurden von Raum zu Raum größer. Meine Mutter saß auf der Veranda, trank ein Pfefferminzwasser und las. Als sie uns im Haus hörte, kam sie herein, um uns zu begrüßen.

Ich hatte ja schon gesagt, daß jeder Erwachsene in der Stadt Jamie bewunderte, und meine Mutter war da keine Ausnahme. Obwohl Hegbert in seinen Predigten ständig den Namen unserer Familie anprangerte, war meine Mutter deswegen nicht gegen Jamie eingenommen, weil die so lieb war. Also unterhielten die beiden sich, während ich nach oben ging und meinen Schrank nach einem sauberen Hemd und einer Krawatte, irgendwas Passendem, durchstöberte. Damals trugen junge Männer oft Krawatte, besonders, wenn sie einen Termin mit jemandem in einer höheren Position hatten. Als ich umgezogen war und wieder nach unten kam, hatte Jamie meiner Mutter von dem Plan erzählt.

»Es ist eine wunderbare Idee«, sagte Jamie und strahlte mich an. »Landon hat ein sehr gutes Herz.«

Nachdem sie sich vergewissert hatte, daß sie Jamie richtig verstanden hatte, sah mich meine Mutter mit hochgezogenen Augenbrauen an. Eigentlich starrte sie mich geradezu an, als wäre ich von einem fremden Planeten.

»Es war also deine Idee?« fragte meine Mom. Wie jeder in der Stadt wußte sie, daß Jamie nicht log.

Ich räusperte mich und dachte an Eric und daran, was ich mit ihm anstellen wollte. Dazu hätte ich Sirup und Feuerameisen gebraucht.

»Sozusagen«, antwortete ich.

»Erstaunlich.« Mehr konnte sie nicht sagen. Sie kannte die Einzelheiten nicht, aber es war ihr klar, daß ich mit dem Rücken zur Wand gestanden haben mußte, um so etwas zu tun. Mütter wissen solche Sachen immer, und ich merkte, wie sie mich musterte und die Sache zu ergründen versuchte. Um ihrem fragenden Blick zu entkommen, sah ich auf die Uhr, tat überrascht und sagte lässig zu Jamie, wir müßten los. Meine Mutter nahm die Autoschlüssel aus der Tasche und gab sie mir. Ihr forschender Blick folgte uns, als wir zur Tür gingen. Ich atmete erleichtert auf, als wäre ich noch einmal davongekommen, aber als ich mit Jamie schon auf dem Weg zum Auto war, hörte ich die Stimme meiner Mutter.

»Komm uns doch mal wieder besuchen, Jamie!« rief sie. »Du bist hier immer ein gern gesehener Gast.«

Selbst Mütter können einem das Leben schwermachen.

Kopfschüttelnd setzte ich mich hinter das Steuer.

»Deine Mutter ist eine wunderbare Frau«, sagte Jamie.

Ich ließ den Wagen an. »Ja«, erwiderte ich, »wahrscheinlich hast du recht.«

»Und euer Haus ist herrlich.«

»Mmhhmm.«

»Du solltest dankbar sein für das, was du hast.«

»Oh«, sagte ich. »Bin ich auch. Ich bin praktisch der glücklichste Mensch auf der Welt.«

Ich glaube nicht, daß sie den sarkastischen Unterton heraushörte.

Als wir beim Waisenhaus ankamen, wurde es schon dunkel. Wir waren ein paar Minuten zu früh da, und der Direktor telefonierte gerade. Während er weitersprach, nahmen wir auf einer Bank auf dem Flur vor seinem Büro Platz und warteten. Jamie wandte sich mir zu. Ihre Bibel hatte sie auf dem Schoß. Ich nahm an, sie gab ihr Sicherheit, aber vielleicht war es auch nur eine Angewohnheit.

»Du warst heute richtig gut«, sagte sie. »Mit deinem Text, meine ich.«

»Danke.« Ich war stolz und fühlte mich gleichzeitig niedergeschlagen. »Aber die richtige Betonung habe ich noch nicht raus«, fügte ich hinzu. Man konnte die Betonung unmöglich auf der Veranda üben, und ich hoffte, sie würde es nicht vorschlagen.

»Das lernst du schnell. Wenn du erst den Text kannst, ist es ganz leicht.«

»Hoffentlich.«

Jamie lächelte. Als sie einen Moment darauf das Thema wechselte, warf sie mich ganz schön aus der Bahn. »Denkst du manchmal an die Zukunft, Landon?« fragte sie.

Die Frage verblüffte mich, weil sie so ... so *normal* klang.

»Ja klar, manchmal«, antwortete ich vorsichtig.

»Und weißt du schon, was du mit deinem Leben anfangen willst?«

Ich zuckte die Achseln, weil ich nicht genau wußte, worauf sie hinauswollte. »Das weiß ich noch nicht. Ich habe es mir noch nicht überlegt. Im Herbst gehe ich auf die UNC. Wenigstens würde ich gern. Ich habe noch keinen Platz.«

»Den kriegst du bestimmt«, sagte sie.

»Woher weißt du das?«

»Weil ich auch dafür bete.«

Als ich das hörte, dachte ich, es liefe auf eine Diskussion über die Kraft der Gebete und des Glaubens hinaus, aber Jamie erwischte mich wieder auf dem falschen Fuß.

»Und wenn du mit dem College fertig bist, was möchtest du dann tun?«

»Das weiß ich noch nicht«, antwortete ich schulterzuckend. »Vielleicht werde ich ein einarmiger Holzfäller.«

Sie fand das nicht lustig.

»Ich finde, du solltest Pfarrer werden«, sagte sie

ernsthaft. »Ich finde, du kannst gut mit Menschen umgehen, und sie würden respektieren, was du ihnen zu sagen hättest.«

Obwohl die Vorstellung rundum absurd war, wußte ich, daß es bei ihr von Herzen kam und sie es als Kompliment meinte.

»Danke«, sagte ich. »Ich weiß nicht, ob das das Richtige für mich ist, aber bestimmt finde ich etwas.« Es dauerte einen Augenblick, bis ich merkte, daß die Unterhaltung ins Stocken geraten war und daß ich dran war, eine Frage zu stellen.

»Und du? Was möchtest du später einmal machen?«

Jamie wandte sich ab, ihr Blick schweifte in die Ferne, so daß ich mich fragte, woran sie wohl dachte, aber es war im nächsten Moment wieder vorbei.

»Ich möchte heiraten«, sagte sie leise. »Und an dem Tag soll mein Vater mich zum Altar führen, und alle, die ich kenne, sollen dabeisein. Die Kirche soll zum Bersten voll sein.«

»Ist das alles?« Obwohl ich nichts gegen das Heiraten hatte, schien es mir irgendwie dumm, das als Lebensziel anzusehen.

»Ja«, antwortete sie. »Mehr will ich nicht.«

So wie sie das sagte, klang es, als rechnete sie damit, wie Miss Garber zu enden. Ich wollte sie etwas aufheitern, obwohl es mir wirklich blöd vorkam.

»Na, bestimmt wirst du eines Tages heiraten. Du wirst jemanden kennenlernen, ihr werdet euch prächtig verstehen, und dann fragt er dich, ob du ihn heiraten willst. Und ich bin mir sicher, daß es deinen Vater glücklich machen wird, dich zum Altar zu führen.«

Die große Menschenmenge in der Kirche erwähnte ich lieber nicht. Wahrscheinlich, weil ich mir das überhaupt nicht vorstellen konnte.

Jamie dachte lange über meine Antwort nach und war ganz still, obwohl ich nicht wußte, warum.

»Hoffentlich«, sagte sie endlich.

Mir war klar, daß sie nicht weiter darüber sprechen wollte, also stellte ich ihr eine andere Frage.

»Seit wann kommst du eigentlich hierher ins Waisenhaus?« fragte ich.

»Seit sieben Jahren. Ich war zehn, als ich das erste Mal hierherkam. Ich war jünger als viele der Kinder hier.«

»Macht es dir Spaß, oder macht es dich eher traurig?«

»Beides. Manche der Kinder hier kommen aus wirklich schrecklichen Verhältnissen. Es bricht einem fast das Herz, wenn man das hört. Aber wenn sie dich sehen, wie du mit ein paar Büchern aus der Bibliothek oder einem neuen Spiel kommst, dann verscheuchen sie mit ihrem Strahlen alle Traurigkeit. Es ist das schönste Gefühl der Welt.«

Ihre Augen leuchteten richtig, während sie sprach. Obwohl sie es nicht sagte, um mir Schuldgefühle zu machen, hatte ich sofort welche. Das war einer der Gründe, warum sie so schwer zu ertragen war, aber inzwischen hatte ich mich schon fast daran gewöhnt.

Ich hatte begriffen, daß sie mal diese, mal jene Wirkung auf einen hatte, aber nie eine normale.

In dem Moment machte Mr. Jenkins die Tür auf und bat uns hereinzukommen. Das Büro sah beinahe aus wie ein Krankenhauszimmer: Der Boden war schwarzweiß gekachelt, die Wände und die Decke waren weiß gestrichen, und an der Wand stand ein Metallschrank. Dort, wo üblicherweise das Bett war, stand ein Metalltisch, der aussah, als sei er am Fließband gestanzt worden. Er war ordentlich aufgeräumt und frei von allen persönlichen Dingen. Ich sah kein Bild, nichts.

Jamie stellte mich vor, und ich gab Mr. Jenkins die Hand. Nachdem wir uns gesetzt hatten, übernahm Jamie das Reden. Die beiden waren alte Freunde, das war offensichtlich. Zur Begrüßung hatte Mr. Jenkins Jamie herzlich umarmt. Und nun erklärte Jamie ihm unseren Plan. Mr. Jenkins hatte das Stück ein paar Jahre zuvor gesehen und war daher fast sofort im Bilde. Doch obwohl er Jamie sehr mochte und auch wußte, daß sie nur Gutes im Sinn hatte, fand er den Vorschlag nicht gut.

»Ich glaube, das ist keine gute Idee«, meinte er.

Ich wußte nicht, was in seinem Kopf vorging.

»Warum nicht?« fragte Jamie mit gerunzelter Stirn. Sie schien ehrlich überrascht, daß er so wenig Begeisterung zeigte.

Mr. Jenkins griff nach einem Bleistift und fing an, damit auf den Tisch zu trommeln, während er offensichtlich überlegte, wie er es verständlich machen sollte. Schließlich legte er den Bleistift hin und seufzte.

»Obwohl ich finde, daß es ein wunderbares Angebot ist, und ich weiß, daß du etwas Besonderes machen möchtest, geht es in dem Stück doch um einen Vater, der am Schluß erkennt, wie sehr er seine Tochter liebt.« Er ließ das einen Moment lang wirken, dann nahm er wieder den Bleistift. »Weihnachten ist schon so schwer genug bei uns, ohne daß wir die Kinder daran erinnern, was ihnen fehlt. Ich glaube, wenn die Kinder so etwas sehen...«

Er brauchte gar nicht weiterzusprechen. Jamie hielt sich die Hand vor den Mund. »Oje...«, sagte sie sofort, »Sie haben recht. Daran habe ich gar nicht gedacht.«

Ich auch nicht, ehrlich gestanden. Aber es war im ersten Moment klar, daß Mr. Jenkins' Einwand richtig war.

Er dankte uns dennoch und unterhielt sich eine Weile mit uns darüber, was er statt dessen für Weihnachten plante. »Wir werden einen kleinen Weihnachtsbaum aufstellen und ein paar Geschenke austeilen – so daß alle etwas davon haben. Ihr seid herzlich eingeladen, am Weihnachtsabend herzukommen...«

Als wir uns verabschiedet hatten, gingen Jamie und ich schweigend davon. Ich merkte, daß sie traurig war. Je mehr Zeit ich mit Jamie verbrachte, desto besser begriff ich, daß sie viele verschiedene Gefühle hatte – sie war nicht immer fröhlich oder glücklich. Ob man es glaubt oder nicht, ich verstand zum ersten Mal, daß sie genauso war wie wir anderen auch.

»Es tut mir leid, daß das nicht geklappt hat«, sagte ich leise.

»Mir auch.«

Sie hatte wieder diesen abwesenden Blick, und es verging ein Moment, bevor sie weitersprach.

»Ich wollte dieses Jahr gern etwas anderes machen. Etwas Besonderes, was sie nie vergessen würden. Ich war mir sicher, daß es das Richtige wäre...« Sie seufzte. »Ich glaube, daß ich die göttliche Vorsehung darin noch nicht erkenne.«

Lange Zeit war sie still, und ich sah sie an. Jamie unglücklich zu sehen war fast so schlimm, wie ihretwegen unglücklich zu sein. Im Gegensatz zu Jamie hatte ich Grund, meinetwegen unglücklich zu sein – ich wußte, was für ein Mensch ich war. Aber sie...

»Wo wir schon hier sind – hast du Lust, bei den Kindern vorbeizuschauen?« unterbrach ich das Schweigen. Mir fiel nichts anderes ein, was sie vielleicht ein wenig aufheitern würde. »Ich könnte hier draußen warten, während du mit ihnen sprichst, oder ich warte im Auto.«

»Möchtest du nicht mitkommen?« fragte sie plötzlich.

Ehrlich gesagt war ich mir nicht sicher, ob ich mich dazu in der Lage fühlte, aber ich wußte, daß sie mich dabeihaben wollte. Und sie war so niedergeschlagen, daß ich ohne nachzudenken antwortete.

»Klar, ich komme mit.«

»Sie sind jetzt sicher im Aufenthaltsraum. Normalerweise sind sie um diese Zeit da«, sagte sie.

Wir gingen den Flur hinunter bis zum Ende, wo eine Flügeltür in einen großen Raum führte. In einer Ecke des Raumes stand ein Fernsehgerät, um das herum ungefähr dreißig metallene Klappstühle aufgestellt waren. Die Kinder saßen dichtgedrängt davor, aber man sah sofort, daß nur die auf den vorderen Plätzen eine gute Sicht hatten.

Ich sah mich um. An der Wand stand ein alter Tischtennistisch. Die Oberfläche war rissig und verstaubt, ein Netz gab es nicht. Ein paar Plastikbecher standen darauf; offensichtlich war seit Monaten, wenn nicht seit Jahren nicht mehr darauf gespielt worden. Neben dem Tischtennistisch befand sich ein Regal mit ein paar Spielsachen – Bauklötze, Puzzles, ein paar Gesellschaftsspiele. Viel war es nicht, und was da war, sah schon ziemlich abgenutzt aus. An den anderen Wänden standen kleine Schreibtische, auf denen mit Buntstiften bekritzelte Zeitungen herumlagen.

Ein paar Augenblicke standen wir an der Tür. Die Kinder hatten uns noch nicht bemerkt. Ich fragte, wozu die Zeitungen seien.

»Es gibt keine Malbücher«, flüsterte Jamie, »deswegen nehmen sie Zeitungen.« Sie sah mich nicht an, während sie sprach – ihre Aufmerksamkeit war auf die Kinder gerichtet. Jetzt lächelte sie wieder.

»Ist das alles an Spielzeug, was sie haben?« wollte ich wissen.

Sie nickte. »Ja, außer den Kuscheltieren. Die dürfen sie mit in die Schlafzimmer nehmen. Hier werden die anderen Dinge aufbewahrt.«

Sie war vermutlich schon daran gewöhnt. Mir kam der Raum in seiner Kargheit furchtbar deprimierend vor. Ich konnte mir nicht vorstellen, in so einem Haus aufzuwachsen.

Jamie und ich gingen endlich hinein. Beim Klang unserer Schritte drehte sich eins der Kinder um. Es war ein Junge von vielleicht acht Jahren mit roten Haaren und Sommersprossen; seine oberen Schneidezähne fehlten.

»Jamie!« rief er beglückt aus, als er sie sah, und plötzlich drehten sich auch all die anderen Köpfe um. Die Kinder waren ungefähr zwischen fünf und zwölf. Später erfuhr ich, daß sie mit zwölf in Pflegefamilien gegeben wurden.

»Hallo, Roger«, sagte Jamie, »wie geht es dir?«

Daraufhin drängten sich Roger und ein paar der anderen um uns herum. Einige Kinder beachteten uns nicht und rückten auf die besseren Plätze vor dem Fernseher, die jetzt frei geworden waren. Jamie stellte mich einem der älteren Jungen vor, der mich gefragt hatte, ob ich Jamies Freund sei. Seinem Ton nach zu urteilen schien er dieselbe Meinung von Jamie zu haben wie die meisten an unserer High School.

»Er ist einfach ein Freund«, erklärte sie. »Aber er ist sehr nett.«

Wir blieben gut eine Stunde bei den Kindern. Mir wurden viele Fragen gestellt, zum Beispiel, wo ich wohnte, ob ich in einem großen Haus wohnte, was für ein Auto ich hätte. Als wir schließlich gehen mußten, versprach Jamie, bald wiederzukommen.

Mir fiel auf, daß sie nicht versprach, daß ich mitkommen würde.

Auf dem Weg zurück zum Auto sagte ich: »Die Kinder sind aber alle nett.« Dann zuckte ich verlegen mit den Schultern. »Ich finde es schön, daß du ihnen hilfst.«

Jamie sah mich an und lächelte. Sie wußte, daß es nicht viel dazu zu sagen gab, aber ich merkte, daß sie immer noch überlegte, wie sie ihnen ein schönes Weihnachtsfest bereiten könnte.

Kapitel 7

Anfang Dezember, gut zwei Wochen nach Probenbeginn, war es schon winterlich dunkel, wenn Miss Garber uns nach Hause gehen ließ. Eines Tages fragte Jamie mich, ob ich sie nach Hause begleiten würde. Warum genau, weiß ich nicht. Beaufort war damals nicht gerade ein Tummelplatz für Kriminelle. Bis dahin hatte ich nur von einem einzigen Mord gehört, und der lag sechs Jahre zurück. Damals war ein Mann vor Maurice's Tavern – wo nebenbei gesagt Leute wie Lew hingingen – erstochen worden. Etwa eine Stunde lang war alles in heller Aufregung, die Telefondrähte liefen heiß, und beunruhigte Frauen malten sich aus, daß ein Verrückter durch die Straßen zog und über unschuldige Opfer herfiel. Türen wurden verriegelt, Gewehre entsichert, Männer bezogen Stellung an einem Fenster mit Blick auf die Straße und hielten Ausschau, ob sich etwas Verdächtiges bewegte. Aber der ganze Spuk war noch vor dem nächsten Morgen vorbei, als ein Mann sich der Polizei stellte und erklärte, es habe sich um einen Kneipenstreit gehandelt, der ausgeufert sei. Offenbar hatte das Opfer eine Wettschuld nicht begleichen wollen. Der Mann wurde wegen Totschlags verurteilt und wanderte für sechs Jahre ins Gefängnis. Die Polizisten in unserer Stadt hatten den langweiligsten Job der Welt, aber sie stolzierten gern wichtigtuerisch herum oder saßen in Cafés, wo sie großspurig über »das große Verbrechen« sprachen, als hätten sie die Entführung des Lindbergh-Babys aufgeklärt.

Aber da mein Weg an Jamies Haus vorbeiführte, konnte ich kaum nein sagen, ohne ihr weh zu tun. Es war ja nicht so, daß ich sie mochte, das darf man jetzt nicht denken, aber wenn man jeden Tag ein paar Stunden mit jemandem verbringt und weiß, daß das noch mindestens eine Woche so weitergeht, dann möchte man vermeiden, daß der nächste Tag für den einen oder anderen zur Qual wird.

Die Aufführungen sollten am folgenden Freitag und Samstag stattfinden, und schon jetzt war das Ereignis in aller Munde. Miss Garber war von Jamie und mir so sehr beeindruckt, daß sie allen Leuten erzählte, es würde die beste Vorstellung aller Zeiten werden. Außerdem verstand sie sich darauf, Werbung zu machen, stellten wir fest. In der Stadt gab es einen Rundfunksender, für den sie interviewt wurde, nicht einmal, nein, zweimal. »Es wird eine großartige Aufführung«, verkündete sie, »wirklich großartig.« Sie rief auch bei der Zeitung an, wo man ihr versprach, einen Artikel über das Stück zu schreiben, hauptsächlich wegen der Jamie-Hegbert-Verbindung, obwohl die ganze Stadt darüber Bescheid wußte. Aber Miss Garber war unermüdlich und berichtete uns, daß im Playhouse zusätzliche Stühle aufgestellt werden würden, um die riesigen Zuschauermengen unterzubringen. In der Klasse herrschte große Aufregung, als wäre es eine tolle Sache, und wahrscheinlich war es das auch, für manche. Schließlich hatten wir Typen wie Eddie in der Klasse. Bestimmt dachte er, daß dies das einzige Mal in seinem Leben sein würde, wo er im Mittelpunkt stand. Das Traurige war, daß er damit wahrscheinlich recht hatte.

Man könnte sich vorstellen, daß ich langsam auch nervös wurde, aber das war nicht der Fall. In der Schule zog ich immer noch den Spott meiner Freunde auf mich, und seit Ewigkeiten, so schien es mir, hatte ich keinen freien Nachmittag mehr gehabt. Das einzige, was mich bei der Stange hielt, war meine Überzeugung, daß ich DAS RICHTIGE tat. Das war zwar nicht viel, aber es war alles, woran ich mich halten konnte. Manchmal kam ich mir sogar sehr tugendhaft vor, aber das gestand ich natürlich niemandem ein. Dann stellte ich mir vor, wie die Engel im Himmel herumstanden, scheu und mit Tränen in den Augen auf mich herabschauten und mich wegen der Opfer, die ich brachte, bewunderten.

Als ich Jamie am ersten Abend nach Hause begleitete und über diese Dinge nachdachte, stellte sie mir eine Frage.

»Stimmt es, daß ihr, deine Freunde und du, manchmal nachts auf den Friedhof geht?«

Es überraschte mich, daß sie davon wußte. Obwohl es nicht gerade ein Geheimnis war, hatte ich nicht gedacht, daß es sie interessieren würde.

»Ja«, sagte ich achselzuckend. »Manchmal.«

»Was macht ihr da, außer daß ihr Erdnüsse eßt?«

Das wußte sie also auch.

»Weiß auch nicht«, sagte ich. »Wir reden... machen Witze. Wir treffen uns dort einfach gern.«

»Habt ihr manchmal Angst?«

»Nein«, antwortete ich. »Warum? Würde es dir angst machen?«

»Ich weiß nicht«, sagte sie. »Vielleicht.«

»Warum?«

»Weil ich Angst hätte, etwas Falsches zu tun.«

»Wir machen nichts Schlimmes da. Ich meine, wir stürzen nicht die Grabsteine um oder lassen unseren Müll rumliegen«, stellte ich klar. Von den Gesprächen über Henry Preston wollte ich ihr lieber nicht erzählen, weil ich wußte, daß sie so etwas nicht gern hörte. Erst in der Woche davor hatte Eric nämlich laut darüber nachgedacht, wie schnell wohl ein Einarmiger, wenn er im Bett lag... na ja... ist ja auch egal.

»Sitzt ihr manchmal einfach nur da und hört auf die Geräusche?« fragte sie. »Auf das Zirpen der Grillen oder das Rauschen der Blätter, wenn der Wind geht? Oder liegt ihr manchmal auf dem Rücken und seht zu den Sternen hinauf?«

Obwohl auch Jamie seit Jahren ein Teenager war, hatte sie keine Ahnung von anderen Jugendlichen. Offensichtlich waren ihr *Jungen* in dem Alter so unbegreiflich wie die Relativitätstheorie.

»Eigentlich nicht«, sagte ich.

Sie nickte leicht.

»Ich glaube, das würde ich tun, wenn ich da wäre, ich meine, wenn ich je auf den Friedhof ginge. Ich würde mich genau umsehen, damit ich nichts übersehe, oder ich würde mich still hinsetzen und lauschen.«

Ich fand die ganze Unterhaltung merkwürdig und verfolgte sie nicht weiter, so daß wir eine Weile schweigend nebeneinander gingen. Aber da sie mich etwas gefragt hatte, fühlte ich mich verpflichtet, ihr auch eine Frage zu stellen. Ich meine, sie hatte nichts von der göttlichen Vorsehung erzählt, also war es nur anständig, wenn ich sie was fragte.

»Und was machst du so?« fragte ich. »Wenn du nicht bei den Waisenkindern bist oder verletzten Tieren hilfst oder in der Bibel liest, meine ich?« Es klang lächerlich, auch in meinen Ohren, das gebe ich zu, aber schließlich *waren das genau die Dinge, die sie tat.*

Sie lächelte mich an. Ich glaube, die Frage überraschte sie, aber noch mehr überraschte sie mein Interesse.

»Ich mache alles mögliche. Ich lerne für die Schule, ich mache Besuche mit meinem Vater. Manchmal spielen wir Karten. Und so.«

»Triffst du dich manchmal mit Freunden und alberst herum?«

»Nein«, sagte sie, und ihr Ton drückte aus, daß ihr bewußt war, daß die anderen sie nicht unbedingt dabeihaben wollten.

»Ich wette, du freust dich, daß du nächstes Jahr aufs College gehst«, sagte ich, das Thema wechselnd.

»Ich glaube nicht, daß ich aufs College gehe«, erklärte sie sachlich. Ihre Antwort verblüffte mich. Jamie hatte mit die besten Noten in unserer Klasse, und je nachdem, wie das letzte Halbjahr lief, könnte sie den Abschluß als Jahrgangsbeste machen. Es wurden schon Wetten darüber abgeschlossen, wie oft sie die göttliche Vorsehung in ihrer Rede erwähnen würde. Ich hatte auf vierzehn Mal gewettet, da sie ja nur fünf Minuten hatte.

»Und was ist mit Mount Sermon? Ich dachte, dahin wolltest du. Da würde es dir gut gefallen«, sagte ich.

Sie sah mich mit einem Zwinkern in den Augen an. »Du meinst, ich würde genau dahin passen, nicht wahr?«

Diese Bälle, die sie einem manchmal zuwarf, konnten einen genau zwischen den Augen treffen.

»So habe ich es nicht gemeint...«, sagte ich hastig. »Es ist nur so, ich habe gehört, wie sehr du dich freust, daß du nächstes Jahr dorthin gehst.«

Sie zuckte mit den Schultern und antwortete nicht, und ehrlich gesagt, wußte ich nicht, was das bedeuten sollte. Inzwischen waren wir bei ihrem Haus angekommen und blieben auf dem Gehweg davor stehen. Ich konnte Hegberts Schatten im Wohnzimmer erkennen. Das Licht war an, er saß auf dem Sofa beim Fenster. Sein Kopf war geneigt, als läse er. Ich nahm an, es war die Bibel.

»Danke, daß du mich nach Hause gebracht hast, Landon.« Sie sah mich einen Moment lang an, bevor sie zur Haustür ging.

Als ich ihr nachschaute, konnte ich nicht umhin zu denken, daß dies die seltsamste Unterhaltung war, die wir je gehabt hatten. Obwohl einige ihrer Antworten etwas merkwürdig waren, schien Jamie doch fast normal.

Als ich sie am nächsten Abend nach Hause brachte, fragte sie mich nach meinem Vater.

»Er ist soweit in Ordnung«, erwiderte ich. »Nur daß er nicht viel da ist.«

»Vermißt du ihn? Macht es dich traurig, weil du ohne ihn auskommen mußt?«

»Manchmal.«

»Ich vermisse meine Mom«, sagte sie, »obwohl ich sie gar nicht gekannt habe.«

Zum ersten Mal überhaupt kam es mir in den Sinn, daß Jamie und ich möglicherweise etwas gemeinsam hatten. Das mußte ich erst mal verdauen.

»Es muß schwer für dich sein«, sagte ich und meinte es aufrichtig. »Mein Vater ist mir zwar ziemlich fremd, aber er ist doch immerhin da.«

Sie sah mich von der Seite her an, dann richtete sie den Blick wieder nach vorn. Sie zupfte ein bißchen an ihrem Haar. Mir war inzwischen aufgefallen, daß sie das immer dann tat, wenn sie nervös war oder nicht wußte, was sie sagen sollte.

»Das ist es auch, manchmal. Versteh mich nicht falsch – ich liebe meinen Vater von ganzem Herzen, aber ab und zu versuche ich mir vorzustellen, wie es wohl gewesen wäre, wenn meine Mutter dagewesen wäre. Ich glaube, mit ihr hätte ich über manches sprechen können, über das ich mit meinem Vater nicht sprechen kann.«

Ich nahm an, sie meinte, über Jungen. Erst später erfuhr ich, wie sehr ich mich da geirrt hatte.

»Wie ist es denn, mit deinem Vater zu leben? Ist er zu Hause so wie in der Kirche?«

»Nein. Eigentlich kann er ganz schön witzig sein.«

»Hegbert?« platzte es aus mir heraus. Das konnte ich mir nun gar nicht vorstellen.

Ich glaube, sie war unangenehm berührt, weil ich ihn beim Vornamen nannte, aber sie machte keine Bemerkung dazu. Statt dessen sagte sie: »Wieso bist du so überrascht? Du wirst ihn mögen, wenn du ihn erst richtig kennenlernst.«

»Ich bezweifle, daß ich ihn je kennenlernen werde.«

»Du weißt nie, was Gott mit uns vorhat, Landon«, sagte sie lächelnd.

Ich mochte es überhaupt nicht, wenn sie so sprach. Man wußte ja, daß sie täglich mit Gott in Verbindung stand, aber man konnte nie wissen, was der Boss da oben ihr erzählt hatte. Vielleicht hatte sie sogar eine direkte Eintrittskarte zum Himmel, sozusagen, wo sie doch so ein guter Mensch war.

»Wie sollte ich ihn kennenlernen?« fragte ich.

Sie antwortete nicht, lächelte aber vor sich hin, als wüßte sie ein Geheimnis, das sie mir nicht anvertrauen konnte. Wie gesagt, ich mochte es gar nicht, wenn sie so war.

Am nächsten Abend sprachen wir über ihre Bibel.

»Warum hast du sie immer dabei?« fragte ich.

Ich hatte angenommen, daß sie die Bibel aus dem einfachen Grunde bei sich trug, weil sie die Tochter des Pfarrers war. Die Vermutung lag ja nicht so fern, wenn man bedachte, wie Hegbert zur Heiligen Schrift stand und so. Aber die Bibel, die sie hatte, war alt, mit einem ziemlich zerschlissenen Einband, und eigentlich hatte ich gedacht, daß Jamie zu den Leuten gehörte, die jedes Jahr eine neue Bibel kaufen würden, einfach nur, um die Bibelverlage zu unterstützen oder ihre unverminderte Hingabe an den Herrn zu demonstrieren oder so etwas.

Sie wartete einen Moment, bevor sie antwortete.

»Sie gehörte meiner Mutter«, sagte sie dann schlicht.

»Oh ...«, sagte ich, als hätte ich versehentlich das kostbare kleine Haustier eines anderen mit dem Stiefel zertreten.

Sie sah mich an. »Es macht doch nichts, Landon. Wie hättest du das wissen sollen?«

»Es tut mir leid, daß ich davon angefangen habe ...«

»Das braucht es nicht. Du hattest doch nichts Böses im Sinn.« Sie machte eine Pause. »Meine Mutter und mein Vater haben diese Bibel zur Hochzeit geschenkt bekommen, aber meine Mom hat sie für sich benutzt und viel darin gelesen, besonders wenn sie etwas Schlimmes erlebte.«

Ich mußte an die Fehlgeburten denken.

Jamie fuhr fort:

»Sie hat besonders gern abends darin gelesen, bevor sie schlafen gegangen ist, und sie hatte sie im Krankenhaus dabei, als ich geboren wurde. Als mein Vater erfuhr, daß sie tot war, nahm er mich und die Bibel mit sich nach Hause.«

»Es tut mir leid«, beteuerte ich noch mal. Wenn jemand etwas Trauriges erzählt, fällt einem nichts anderes dazu ein, auch wenn man es schon einmal gesagt hat.

»So kann ich ein bißchen ... Teil von ihr sein. Verstehst du das?« Sie sagte es nicht traurig, sondern nur, um mir meine Frage zu beantworten. Irgendwie wurde es dadurch noch schlimmer.

Nachdem sie mir das erzählt hatte, mußte ich wieder daran denken, daß sie allein mit Hegbert aufgewachsen war. Ich wußte nicht, was ich jetzt sagen sollte, und dachte noch darüber nach, als ich hinter uns ein Auto hupen hörte. Jamie und ich blieben stehen und drehten uns um, als der Wagen anhielt.

Es waren Eric und Margaret. Eric saß am Steuer und Margaret auf dem Beifahrersitz.

»Na, wen haben wir denn da«, sagte Eric und beugte sich über das Lenkrad, damit ich sein Gesicht über Margaret hinweg sehen konnte. Ich hatte ihm nicht erzählt, daß ich Jamie nach den Proben nach Hause begleitete. Und plötzlich war Erics und Margarets Auftauchen wichtiger als alles, was Jamie mir gerade erzählt hatte – so ist das bei Teenagern.

»Hallo, Eric, hallo, Margaret...«, sagte Jamie freundlich.

»Du begleitest sie nach Hause, Landon?« Ich konnte den kleinen Teufel hinter Erics Lächeln sehen.

»He, Eric«, sagte ich matt und wünschte mir, unsichtbar zu sein.

»Ein wunderbarer Abend für einen Spaziergang, meint ihr nicht auch?« sagte Eric. Ich glaube, weil Margaret zwischen ihm und Jamie war, war er etwas dreister als sonst in Jamies Gegenwart. Auf keinen Fall konnte er diese Gelegenheit ungenutzt verstreichen lassen, sondern mußte mich ordentlich hochnehmen.

Jamie sah sich um und lächelte. »Doch, es ist wunderschön.«

Auch Eric blickte versonnen umher und atmete tief ein. Es war offensichtlich, daß er sich lustig machte. »Mann, wirklich ein herrlicher Abend.« Er seufzte und warf uns einen Blick zu. »Ich würde euch ja mitnehmen, aber das ist nicht halb so schön wie ein Spaziergang unter dem Sternenhimmel, und den möchte ich euch nicht verderben.« Er sagte es, als würde er uns damit einen Gefallen tun.

»Oh, wir sind ja schon fast bei mir«, sagte Jamie. »Ich wollte Landon noch ein Glas Apfelmost anbieten. Wollt ihr dazukommen? Wir haben genug da.«

Ein Glas Apfelmost? Bei ihr zu Hause? Davon war noch keine Rede gewesen ...

Ich steckte die Hände in die Taschen. Die Sache konnte wohl kaum noch schlimmer werden.

»O nein ... aber danke. Wir sind auf dem Weg zu Cecil's Diner.«

»Obwohl morgen Schule ist?« fragte Jamie ahnungslos.

»Ooch, wir bleiben ja nicht lange«, versprach er. »Aber wir sollten jetzt mal los. Viel Spaß beim Apfelmost, ihr zwei.«

»Schön, daß ihr angehalten habt«, sagte Jamie und winkte.

Eric fuhr los, aber ganz verhalten, so daß Jamie wahrscheinlich den Eindruck hatte, daß er recht gut Auto fahren konnte. Was aber ganz und gar nicht der Fall war, obwohl er sich geschickt aus der Affäre ziehen konnte, wenn er einen Unfall gebaut hatte. Ich weiß noch, daß er seiner Mutter einmal erzählte, daß eine Kuh vor ihm auf die Straße gesprungen und der Kühlergrill deswegen verbogen sei. »Es ging so schnell, Mom, die Kuh war auf einmal da. Sie sprang genau vor mir auf die Straße, und ich konnte nicht mehr rechtzeitig bremsen.« Jeder weiß, daß Kühe keinesfalls *springen*, aber seine Mutter glaubte ihm. Sie war früher übrigens auch Anführerin der Cheerleader gewesen.

Als sie um die Ecke gebogen waren, wandte Jamie sich zu mir um und lächelte.

»Du hast nette Freunde, Landon.«

»Na, sicher.« Man beachte, wie geschickt ich meine Antwort formulierte.

Nachdem ich Jamie nach Hause gebracht hatte – nein, ich blieb nicht auf ein Glas Apfelmost –, machte ich mich auf den Weg zu mir und brummelte die ganze Zeit vor mich hin. Jamies Geschichte hatte ich so gut wie vergessen, statt dessen konnte ich regelrecht hören, wie sich meine Freunde in Cecil's Diner über mich lustig machten.

Das hat man nun davon, wenn man nett ist.

Bis zum nächsten Morgen wußte jeder, daß ich Jamie abends nach Hause begleitete, was neue Mutmaßungen über uns auslöste. Diesmal war es schlimmer als vorher. So schlimm, daß ich die Mittagspause in der Bücherei verbrachte, weil ich es nicht ertrug.

An dem Abend fand die Probe im Playhouse statt. Es war die letzte vor der Premiere, und es gab viel zu tun. Nach der Schule mußten die Jungen die Kulissen aus dem Klassenzimmer auf einen gemieteten Lieferwagen laden und zum Playhouse fahren. Das Schwierige daran war nur, daß Eddie und ich die einzigen Jungen waren und daß Eddie nicht gerade für seine Geschicklichkeit berühmt war. Wenn wir zum Beispiel mit einem der schwereren Teile durch eine Tür gingen, kam ihm plötzlich sein Körper in die Quere. Dann stolperte er über eine Staubflocke oder eine Fliege am Boden und verlor das Gleichgewicht, so daß das Gewicht des Kulissenteils auf meine Finger krachte, die dann am Türrahmen zerquetscht wurden, was äußerst schmerzhaft war. »T...t...tut mir l...l...leid«, sagte er dann, »h...h... hast du d...d...dir weh get...t...tan?« Ich schluckte die Schimpfwörter, die mir schon auf der Zunge lagen, herunter und zischte unterdrückt: »Paß doch bitte besser auf!« Er konnte genausowenig verhindern, daß er ins Stolpern geriet, wie er den Regen verhindern konnte. Als wir fertig waren, sahen meine Finger aus wie die von Toby, dem rasenden Handwerker. Und das Schlimmste war, daß ich keine Zeit hatte, vor der Probe etwas zu essen. Der Kulissentransport hatte drei Stunden gedauert, und kaum hatten wir sie aufgebaut, kamen schon die anderen. Nach allem, was sonst schon an dem Tag passiert war, ist es wohl klar, daß ich ziemlich schlecht gelaunt war.

Ich leierte meinen Text einfach so runter, so daß Miss Garber den ganzen Abend nicht einmal »großartig« sagte. Am Schluß blickte sie ziemlich besorgt, aber Jamie lächelte und beruhigte sie, es würde alles gut ausgehen. Ich wußte, daß Jamie mir helfen wollte, aber als sie mich fragte, ob ich sie nach Hause begleiten würde, schüttelte ich den Kopf. Das Playhouse war mitten in der Stadt; um sie nach Hause zu bringen, hätte ich einen ziemlich großen Umweg in Kauf nehmen müssen. Außerdem wollte ich nicht, daß mich wieder jemand sah. Aber Miss Garber hatte Jamies Frage gehört und erklärte mit großer

Bestimmtheit, daß ich sie sicher gern begleiten würde. »Sprecht noch ein bißchen über das Stück«, schlug sie vor. »Vielleicht könnt ihr Lösungen für die Schwachstellen finden.« Natürlich meinte sie mit den Schwachstellen speziell mich.

Also begleitete ich Jamie auch an diesem Tag nach Hause, aber sie merkte genau, daß ich nicht in der Stimmung war, mich zu unterhalten, denn ich hatte die Hände in die Taschen vergraben und lief fast einen Schritt vor ihr her, ohne zu gucken, ob sie mir folgte. So gingen wir ein paar Minuten; ich hatte kein Wort mit ihr gesprochen.

»Du hast keine besonders gute Laune, stimmt's?« stellte sie fest. »Heute abend hast du dir gar keine Mühe gegeben.«

»Dir entgeht aber auch gar nichts, wie?« sagte ich bissig, sah sie aber nicht an.

»Vielleicht kann ich dir helfen«, sagte sie. Sie klang froh, was mich noch wütender machte.

»Das bezweifle ich«, entgegnete ich barsch.

»Wenn du mir sagen würdest, was passiert ist...«

Ich ließ sie gar nicht ausreden.

»Hör zu«, sagte ich, blieb stehen und wandte mich zu ihr um. »Ich habe den ganzen Tag die Kulissen durch die Gegend geschleppt, ich habe seit heute mittag nichts gegessen, und jetzt muß ich auch noch einen Riesenumweg machen, um dich nach Hause zu bringen, obwohl wir beide wissen, daß du den Weg auch allein schaffst.«

Es war das erste Mal, daß ich im Zorn mit ihr sprach. Um ehrlich zu sein, tat es mir gut. Es hatte sich einiges in mir aufgestaut. Jamie war so überrascht, daß sie nichts erwidern konnte, und ich fuhr fort:

»Und ich tue das nur deinem Vater zuliebe, der mich nicht einmal leiden kann. Das Ganze ist idiotisch, und ich wünschte, ich hätte mich nie dazu bereit erklärt.«

»Das sagst du alles nur, weil du wegen der Aufführung Lampenfieber hast...«

Ich unterbrach sie mit einem Kopfschütteln. Ich konnte ihren Optimismus und ihre Fröhlichkeit nur bis zu einem gewissen Grad verkraften, und an dem Tag war meine Toleranzgrenze erreicht.

»Du verstehst wohl gar nichts«, rief ich wütend. »Ich habe kein Lampenfieber, ich habe einfach keine Lust mitzumachen! Ich will dich nicht nach Hause bringen, ich will nicht, daß meine Freunde über mich lästern, und ich will meine Zeit nicht mit dir verbringen. Du tust so, als wären wir Freunde, aber das sind wir nicht. Ich will einfach die ganze Sache hinter mich bringen, damit ich wieder mein normales Leben führen kann.«

Meine Worte hatten sie getroffen, was ja ehrlich gesagt kein Wunder war.

»Ich verstehe«, sagte sie nur. Ich wartete darauf, daß sie ihre Stimme erhob, daß sie sich verteidigte, daß sie alles aus ihrer Sicht erklärte, aber sie tat nichts dergleichen. Sie sah einfach nur auf den Boden. Ich glaube, am liebsten hätte sie geweint, aber das tat sie auch nicht, und schließlich schlich ich mich davon. Ich ließ sie einfach stehen und setzte mich wieder in Bewegung. Kurz darauf hörte ich, wie sie auch weiterging. Für den Rest des Weges ging sie ungefähr fünf Meter hinter mir und sagte erst wieder etwas, als sie an ihrer Haustür war. Ich war schon ein Stück weiter, da hörte ich ihre Stimme.

»Danke, daß du mich nach Hause gebracht hast, Landon«, rief sie.

Ich zuckte zusammen, als ich sie hörte. Sogar wenn ich richtig häßlich zu ihr war und ihr die schlimmsten Dinge an den Kopf warf, fand sie einen Grund, sich bei mir zu bedanken. So war sie eben, und ich glaube, ich verabscheute sie deswegen.

Oder vielmehr verabscheute ich mich selbst.

Kapitel 8

Am Abend der Aufführung war es kühl und frisch, der Himmel war wolkenlos blau. Wir sollten eine Stunde vor Beginn dasein. Den ganzen Tag hatte ich mich ziemlich mies gefühlt, weil ich am Abend zuvor so übel mit Jamie umgesprungen war. Sie war immer freundlich zu mir gewesen, und ich hatte mich richtig gemein verhalten. Ich sah sie im Flur zwischen den Kursen und wollte mich entschuldigen, aber sie verschwand in der Menge, bevor ich Gelegenheit dazu hatte.

Sie war schon im Playhouse, als ich ankam. Ich sah sie mit Miss Garber und Hegbert am Bühnenrand beim Vorhang stehen. Alle liefen herum und versuchten, ihr Lampenfieber im Zaum zu halten, aber sie schien seltsam lethargisch. Sie hatte sich noch nicht umgezogen – auf der Bühne sollte sie ein weißes, fließendes Gewand tragen, in dem sie engelhaft wirkte – sondern war in demselben Pullover, den sie in der Schule getragen hatte. Obwohl mir einigermaßen beklommen zumute war, ging ich auf die drei zu.

»Hi, Jamie«, sagte ich. »Hallo, Herr Pfarrer ... Miss Garber.«

Jamie wandte sich zu mir um.

»Hallo, Landon«, sagte sie still. Es war klar, daß ihr der vergangene Abend auch zugesetzt hatte, denn sie lächelte nicht, wie sie es sonst immer tat, wenn sie mich sah. Ich bat sie, mit ihr allein sprechen zu können, und wir gingen ein paar Schritte zur Seite. Ich sah, daß Hegbert und Miss Garber uns nachblickten, als wir uns außer Hörweite begaben.

Ich ließ meinen Blick nervös über die Bühne wandern.

»Es tut mir leid wegen der Sachen, die ich gestern gesagt habe«, fing ich an. »Ich weiß, daß ich dir weh getan habe. Ich hätte das alles nicht sagen dürfen.«

Sie sah mich an, als müßte sie abwägen, ob sie mir glauben solle.

»Hast du das alles auch gemeint?« fragte sie schließlich.

»Ich war schlecht drauf, ganz einfach. Manchmal rege ich mich so auf.« Ich wußte, daß ich ihre Frage nicht richtig beantwortet hatte.

»Ach so«, sagte sie – in dem gleichen Ton wie am Abend zuvor. Dann drehte sie sich zu den leeren Sitzen im Zuschauerraum um. Wieder hatte sie diesen traurigen Ausdruck in ihren Augen.

»Hör zu«, sagte ich und griff nach ihrer Hand, »ich verspreche dir, daß ich es wiedergutmachen werde.« Weiß der Himmel, warum ich das sagte – irgendwie schien es in dem Moment richtig.

Zum ersten Mal an dem Abend lächelte sie.

»Danke«, flüsterte sie und sah mich an.

»Jamie?«

Jamie drehte sich um. »Ja, Miss Garber?«

»Ich glaube, du solltest jetzt kommen.« Miss Garber winkte sie zu sich.

»Ich muß gehen«, sagte sie zu mir.

»Ich weiß.«

»Hals- und Beinbruch?« Jemandem vor einer Aufführung Glück zu wünschen, bringt angeblich Unglück, deswegen wünscht man sich »Hals- und Beinbruch«.

Ich ließ ihre Hand los. »Für uns beide. Versprochen.«

Danach mußte sich jeder für die Aufführung vorbereiten. Ich ging in die Herrengarderobe. Die Ausstattung am Playhouse ist ziemlich gut, wenn man bedenkt, daß es ein Theater in einer Kleinstadt ist. Es gibt getrennte Garderoben, so daß wir das Gefühl hatten, richtige Schauspieler zu sein, nicht nur eine Schülertruppe.

Mein Kostüm hing in der Garderobe. Zu Beginn der Proben hatte man unsere Maße genommen und die Kostüme entsprechend geändert. Ich zog mich gerade um, als Eric unangekündigt eintrat. Eddie war auch da und zwängte sich in sein Kostüm als stummer Penner. Als er Eric sah, spiegelte sich das blanke Entsetzen in seinen Augen, denn mindestens einmal in der Woche nahm Eric Eddie in den Schwitzkasten. Jetzt verließ Eddie fluchtartig die Garderobe und zog sich beim Hinausstürzen das eine Hosenbein hoch. Eric beachtete ihn gar nicht und setzte sich auf den Schminktisch vor den Spiegel.

»Also«, sagte er mit einem übermütigen Lächeln, »was hast du vor?«

Ich sah ihn neugierig an.

»Wie meinst du das?« fragte ich.

»Bei der Aufführung, du Dummkopf! Hast du vor, dich bei deinem Text zu verhaspeln?«

Ich schüttelte den Kopf. »Nein.«

»Oder die Kulissen umzustoßen?« Das mit den Kulissen kannte jeder.

»Geplant habe ich es nicht«, erwiderte ich stoisch.

»Du meinst, du spielst einfach ordentlich deine Rolle?«

Ich nickte. Etwas anderes war mir gar nicht in den Sinn gekommen.

Er schaute mich eindringlich an, als sähe er mich zum ersten Mal.

»Vielleicht wirst du endlich erwachsen, Landon«, meinte er. Da es von Eric kam, war ich mir nicht sicher, ob es als Kompliment gedacht war.

So oder so, ich wußte, daß er recht hatte.

In dem Stück versetzt der erste Anblick des Engels Tom Thornton in solches Staunen, daß er ihm sofort willig folgt und Weihnachten mit den Armen und Benachteiligten feiert. Die ersten Worte, die Tom in dem Moment spricht, sind: »Du bist schön«, und ich sollte sie sagen, als kämen sie aus tiefstem Herzen. Es war der Kernpunkt des ganzen Stückes, der den Ton dessen bestimmte, was danach kam. Das Problem war nur, daß ich bei dieser Zeile den Ton nicht richtig traf. Sicher, die Worte konnte ich sagen, aber sie klangen nicht überzeugend, da ich sie wahrscheinlich so sagte wie jeder andere, wenn er Jamie sah, Hegbert ausgenommen. Es war die einzige Szene, bei der Miss Garber nie »großartig« gesagt hatte, deshalb war ich verunsichert. Ich versuchte mir jemand anders als Engel vorzustellen, so daß ich die Worte mit Überzeugung sprechen konnte, aber da ich mich auf so viel anderes konzentrieren mußte, vergaß ich das im Eifer des Gefechts.

Jamie war immer noch in ihrer Garderobe, als der Vorhang endlich aufging. Ich hatte sie nicht im Kostüm gesehen, aber das machte nichts. In den ersten Szenen kam sie nicht vor – in denen ging es hauptsächlich um Tom Thornton und die Beziehung zu seiner Tochter.

Ich hatte nicht gedacht, daß ich Lampenfieber haben würde – schließlich hatte ich gründlich geprobt –, aber als der Vorhang dann endlich hochging, war es wie ein Schlag ins Gesicht. Das Playhouse war bis auf den letzten Platz besetzt, und hinten im Raum waren, wie Miss Garber angekündigt hatte, sogar noch zwei Extrareihen mit Stühlen aufgestellt worden. Normalerweise faßte der Saal vierhundert Menschen, aber so waren es noch einmal fünfzig mehr. Außerdem standen die Zuschauer an den Seitenwänden, eng gedrängt wie Sardinen. Doch als ich die Bühne betrat, war es mucksmäuschenstill im Saal. Das Publikum bestand in der Mehrzahl aus alten Damen mit blaugetönten Haaren – die Sorte, die Bingo spielt und beim Sonntagsbrunch Bloody Marys trinkt –, aber ich entdeckte Eric und alle meine Freunde in der letzten Reihe. Es war regelrecht unheimlich, so dazustehen, während alle darauf warteten, daß ich etwas sagte.

Ich bemühte mich also nach Kräften, nicht an die Zuschauer zu denken, während wir die ersten Szenen spielten. Sally, die mit dem Glasauge, spielte übrigens meine Tochter, weil sie für ihr Alter ziemlich klein war, und wir spielten die Szenen so, wie wir sie geprobt hatten. Keiner von uns verpatzte seinen Text, obwohl wir nicht gerade berauschend waren. Als der Vorhang sich senkte, mußten wir schnell die Kulissen für den zweiten Akt umstellen. Diesmal halfen auch alle anderen, und meine Finger wurden nicht zerquetscht, weil ich einen großen Bogen um Eddie machte.

Ich hatte Jamie immer noch nicht gesehen – vermutlich brauchte sie keine Kulissen zu schieben, weil ihr Kostüm, das aus ganz dünnem Stoff war, zu leicht reißen konnte, wenn es an einem Nagel hängenblieb –, aber ich dachte auch nicht an sie, weil es soviel zu tun gab. Und bevor ich wußte, wie mir geschah, ging der Vorhang wieder auf, ich sah mich in Hegbert Sullivans Welt versetzt und ging durch eine Straße mit Geschäften, auf der Suche nach der Spieluhr, die sich meine Tochter zu Weihnachten wünschte. Ich stand mit dem Rücken zu der Tür, durch die Jamie kommen würde, aber als sie die Bühne betrat, hörte ich, wie die Zuschauer vor Erstaunen tief die Luft einsogen. Ich fand es vorher schon still, aber jetzt hätte man eine Stecknadel fallen hören können. In dem Moment nahm ich aus dem Augenwinkel wahr, wie Hegbert Jamie mit zitterndem Unterkiefer ansah. Nach einem kurzen Moment der inneren Sammlung drehte ich mich um – und begriff, was los war.

Zum ersten Mal, seit ich Jamie kannte, war ihr Haar nicht zu einem straffen Knoten gebunden. Statt dessen fiel es lose um ihr Gesicht. Es war länger, als ich mir vorgestellt hatte, und reichte ihr bis zu den Schulterblättern. Sie hatte etwas Glitzerndes im Haar, so daß sich das Licht der Scheinwerfer darin brach und es zum Funkeln brachte wie einen Heiligenschein. Und in dem weich fließenden weißen Kleid, das für sie maßgeschneidert schien, bot sie einen erstaunlichen Anblick. Sie sah nicht aus wie das Mädchen, mit dem ich aufgewachsen war, auch nicht wie das Mädchen, das ich in letzter Zeit kennengelernt hatte. Sie trug ein bißchen Make-up – nur ein bißchen, was die Weichheit ihrer Züge hervorhob. Sie lächelte sanft, als trüge sie ein Geheimnis in ihrem Herzen, so wie die Rolle es verlangte.

Sie sah genau aus wie ein Engel.

Ich weiß, daß meine Kinnlade herunterklappte, während ich sie für eine Ewigkeit, so schien mir, anstarrte und nichts über die Lippen brachte. Plötzlich fiel mir mein Text wieder ein. Ich holte tief Luft und sprach ihn ganz langsam.

»Du bist schön«, sagte ich, und ich glaube, daß jeder im Zuschauerraum, von den alten Damen mit dem blaugetönten Haar bis hin zu meinen Freunden in der letzten Reihe, wußte, daß ich es ehrlich meinte.

Zum ersten Mal hatte ich diesen Satz mit der richtigen Überzeugung hervorgebracht.

Kapitel 9

Wenn man jetzt annimmt, daß das Stück ein riesiger Erfolg war, so ist das gelinde gesagt untertrieben. Die Zuschauer lachten und weinten, genau wie es vorgesehen war. Aber durch Jamies Mitwirken wurde es wirklich ein besonderes Ereignis – ich glaube, alle in der Truppe waren genauso verblüfft wie ich darüber, wie gelungen die Aufführung war. Alle Akteure hatten den gleichen Gesichtsausdruck, als sie Jamie zum ersten Mal auf der Bühne erblickten, was ihre schauspielerische Leistung um so überzeugender machte. Wir führten das Stück am ersten Abend ohne Pannen auf, und am nächsten Abend waren noch mehr Zuschauer da. Sogar Eric kam nach der Aufführung zu mir und gratulierte mir, was mich einigermaßen überraschte.

»Ihr zwei habt gut gespielt«, erklärte er schlicht. »Ich bin stolz auf dich, mein Freund.«

Während er sprach, rief Miss Garber jedem, der ihr zuhörte oder der nur vorbeiging, »großartig!« zu, und zwar so oft, daß ich es noch hörte, als ich an dem Abend im Bett lag. Nachdem der letzte Vorhang gefallen war, sah ich mich nach Jamie um und entdeckte sie bei ihrem Vater. Er hatte Tränen in den Augen – ich hatte ihn noch nie weinen gesehen –, und Jamie lag in seinen Armen. Lange Zeit hielten sie sich umschlungen. Er streichelte ihr über das Haar und flüsterte: »Mein Engel«, während sie die Augen geschlossen hatte, und da mußte selbst ich schlucken.

Das Richtige zu tun war letztlich doch nicht so schlecht, merkte ich.

Nachdem sie sich wieder losgelassen hatten, gab Hegbert ihr stolz zu verstehen, daß sie zu den übrigen Schauspielern gehen sollte, von denen sie mit Glückwünschen überhäuft wurde. Sie wußte, daß sie gut gespielt hatte, obwohl sie immer wieder sagte, sie verstehe nicht, weshalb man soviel Aufhebens machte. Sie war so freundlich wie immer, aber da sie so hübsch aussah, wirkte sie ganz anders, wenigstens auf die meisten. Ich stand im Hintergrund und gönnte ihr diesen glücklichen Moment. Ich gebe zu, daß ich mich ein bißchen wie Hegbert fühlte. Ich freute mich für sie und war auch ein bißchen stolz. Als sie mich an der Seite stehen sah, machte sie sich los und kam zu mir herüber.

Sie sah mich an und sagte: »Danke für deine Hilfe, Landon. Du hast meinen Vater sehr glücklich gemacht.«

»Ich hab's gern getan«, antwortete ich aufrichtig.

Als wir sprachen, wurde mir bewußt, daß sie mit Hegbert nach Hause fahren würde, und wünschte mir zum ersten Mal, ich könnte sie nach Hause bringen.

Am Montag darauf brach unsere letzte Schulwoche vor den Weihnachtsferien an, für die in jedem Fach Prüfungen angesagt waren. Außerdem mußte ich endlich meine Bewerbung für die UNC schreiben, die ich vor mir hergeschoben hatte, weil wir so viele Proben hatten. In dieser Woche wollte ich also ziemlich viel lernen und mir abends, bevor ich ins Bett ging, meine Bewerbung vornehmen. Trotzdem konnte ich nicht aufhören, an Jamie zu denken.

Jamies Verwandlung in dem Stück war so überwältigend gewesen, daß ich annahm, es deutete auf eine Veränderung in ihr hin. Ich weiß nicht, warum ich das dachte, jedenfalls tat ich es und war überrascht, als sie am Montag morgen auftauchte, als sei nichts gewesen: im braunen Pullover, die Haare im Knoten, mit kariertem Rock und so weiter.

Als ich sie sah, spürte ich Mitleid mit ihr. Am Wochenende hatte man sie als normal, ja sogar als etwas Besonderes betrachtet, oder so war es mir wenigstens vorgekommen, aber sie hatte daraus nichts gemacht. Oh, alle waren netter zu ihr, und diejenigen, die noch nicht mit ihr gesprochen hatten, sagten ihr, daß sie wunderbar gespielt habe, aber ich merkte gleich, daß das nicht von Dauer sein würde. Einstellungen, die in jungen Jahren geformt werden, lassen sich nur schwer durchbrechen. Ich konnte mir sogar vorstellen, daß es jetzt noch schlimmer werden würde. Da alle wußten, daß sie ganz normal aussehen konnte, würden sie sich vielleicht noch unbarmherziger verhalten.

Ich wollte mit ihr über meine Beobachtungen sprechen, das hatte ich wirklich vor, aber ich wollte es nach dieser Woche tun. Nicht nur hatte ich viel zu tun, ich mußte auch darüber nachdenken, wie ich das Thema am besten zur Sprache brachte. Tief drinnen hatte ich immer noch ein schlechtes Gewissen wegen der Dinge, die ich auf unserem letzten gemeinsamen Weg nach Hause zu ihr gesagt hatte, und das lag nicht nur daran, daß das Theaterstück ein so großer Erfolg war. Mir ging es mehr darum, daß Jamie in all der Zeit, die wir zusammen verbracht hatten, immer freundlich zu mir gewesen war, und ich wußte, daß ich ihr unrecht getan hatte.

Um ehrlich zu sein, glaubte ich, daß sie nicht mehr mit mir sprechen wollte. Ich wußte, daß sie mich in der Mittagspause mit meinen Freunden sah, während sie in ihrer Bibel las, aber sie kam nicht auf mich zu. Doch als ich an dem Tag aus der Schule ging, hörte ich ihre Stimme hinter mir. Sie fragte, ob ich sie nach Hause bringen würde. Obwohl ich noch nicht soweit war, daß ich ihr meine Gedanken mitteilen konnte, sagte ich ja. Aus nostalgischen Gründen, gewissermaßen.

Kurz darauf kam Jamie zum Thema.

»Erinnerst du dich an das, was du beim letzten Mal, als wir zusammen nach Hause gingen, gesagt hast?« fragte sie.

Ich nickte. Ich wünschte mir, sie hätte es nicht an geschnitten.

»Du hast versprochen, es wiedergutzumachen«, sagte sie.

Einen Moment lang war ich verwirrt. Ich dachte, ich hätte das bei der Aufführung schon getan. Jamie sprach weiter.

»Also, ich habe mir überlegt, was du tun könntest«, fuhr sie fort und gab mir keine Zeit, etwas einzuwenden, »und bin auf diese Idee gekommen.«

Sie bat mich, die Gläser, die sie zu Beginn des Jahres in den Geschäften der Stadt aufgestellt hatte, für sie einzusammeln. Wenn die Leute einkauften, konnten sie ein paar Münzen in so ein Glas werfen, das normalerweise neben der Kasse stand. Das Geld würde den Waisenkindern zugute kommen. Jamie mochte die Menschen nie um eine Spende bitten, sie wollte, daß sie freiwillig gaben. Das war ihrer Ansicht nach christlich.

Ich erinnerte mich, daß ich ihre Gläser in Cecil's Diner und im Crown Theater gesehen hatte. Meine Freunde und ich warfen Büroklammern oder Spielmarken hinein, wenn die Kassiererin nicht guckte. Das klang auch wie Geld, und dann lachten wir, weil wir Jamie an der Nase herumgeführt hatten. Wir machten Witze darüber, wie sie ein Glas öffnete und viel Geld erwartete, weil es schwer war, und dann kamen nur Büroklammern und Spielmarken heraus. Manchmal zuckt man bei dem Gedanken an das, was man getan hat, innerlich zusammen, und so erging es mir jetzt.

Jamie sah meinen Gesichtsausdruck.

»Du brauchst es nicht zu tun«, sagte sie, offensichtlich enttäuscht. »Ich dachte nur, daß

Weihnachten so schnell da ist, und da ich kein Auto habe, dauert es so lange, sie alle einzusammeln ...«

»Nein«, unterbrach ich sie. »Ich kann das machen. Ich habe sowieso nicht viel zu tun.«

Also fing ich am Mittwoch damit an, obwohl ich für meine Prüfungen lernen mußte und die Bewerbung auch noch nicht fertig war. Jamie hatte mir eine Liste der Geschäfte gegeben, wo sie die Gläser aufgestellt hatte, und am nächsten Tag lieh ich mir das Auto meiner Mutter und fing am äußersten Ende der Stadt an.

Im Vergleich zu der Aufgabe, sie alle aufzustellen, war das Einsammeln eine Kleinigkeit. Jamie hatte fast sechs Wochen gebraucht, denn erst mußte sie sechzig leere Gläser zusammensuchen, und dann konnte sie immer nur zwei oder drei auf einmal wegbringen, weil sie kein Auto hatte und nur eine bestimmte Anzahl von Gläsern tragen konnte. Als ich anfing, kam es mir komisch vor, daß ich sie einsammeln sollte, denn schließlich war es Jamies Projekt, aber ich sagte mir einfach, daß Jamie mich um meine Hilfe gebeten hatte.

Ich ging von einem Geschäft zum nächsten und nahm die Gläser wieder mit, doch am Ende des ersten Tag stellte ich fest, daß ich länger brauchen würde, als ich zunächst angenommen hatte. Daß ich erst zwanzig Gläser oder so eingesammelt hatte, lag daran, daß ich eine einfache Tatsache des Lebens in Beaufort außer acht gelassen hatte. In einer kleinen Stadt wie dieser war es unmöglich, einfach in ein Geschäft zu eilen, das Glas unter den Arm zu packen und wieder zu verschwinden, ohne mit dem Inhaber ein paar Worte zu wechseln oder irgend jemand zu begrüßen, der einen erkannt hatte. Es gehörte sich einfach nicht. Ich mußte also geduldig zuhören, während mir einer von dem Seehecht erzählte, den er letzte Woche an der Angel hatte; oder es fragte mich ein anderer, wie es in der Schule so ging, und erwähnte nebenbei, daß im Hof ein paar Kisten stünden, die in den Keller müßten; oder vielleicht wollte einer meine Meinung hören, ob er ein Zeitschriftenregal umstellen sollte. Jamie wäre bestens damit klargekommen, und ich versuchte, mich in ihrem Sinne zu verhalten, denn schließlich war es ihr Projekt.

Um schneller voranzukommen, überprüfte ich die Einnahmen nicht zwischendurch, sondern leerte den Inhalt in ein Glas und dann, als das voll war, in das nächste. Am Ende des ersten Tages füllte das Kleingeld zwei große Gläser, die ich mit in mein Zimmer nahm. Ich sah ein paar Scheine durch das Glas – nur ein paar –, doch erst, als ich den Inhalt auf den Fußboden leerte und feststellte, daß es hauptsächlich Pennies waren, war ich ernstlich beunruhigt. Obwohl ich längst nicht so viele Spielmarken und Büroklammern fand, wie ich vermutet hatte, war ich doch enttäuscht. Ich zählte zwanzig Dollar und zweiunddreißig Cents. Selbst 1958 war das nicht viel Geld, besonders wenn es unter dreißig Kindern aufgeteilt werden sollte.

Ich ließ mich jedoch nicht entmutigen. Ich nahm an, daß es nur besser werden konnte, und fuhr am nächsten Tag wieder los. Ich packte bei ein paar Dutzend Kisten mit an und plauderte mit rund zwanzig Geschäftsinhabern, bei denen ich die Gläser einsammelte. Das Ergebnis? Dreiundzwanzig Dollar neunundachtzig Cents.

Am dritten Tag war das Ergebnis noch magerer. Nachdem ich das Geld gezählt hatte, wollte ich es kaum glauben. Es waren nur elf Dollar zweiundfünfzig. Die Gläser hatte ich bei den Kiosken am Strand abgeholt, wo Teenager wie ich herumhingen und die Touristen spazierengingen. Es war wirklich nicht besonders rühmlich, dachte ich.

Als ich den Gesamterlös zusammenrechnete – insgesamt 55,73 Dollar –, wurde mir ganz schlecht. Schließlich hatten die Gläser ein ganzes Jahr dort gestanden, und auch ich hatte sie unzählige Male gesehen. An dem Abend sollte ich Jamie anrufen und ihr sagen, wieviel Geld zusammengekommen war. Sie hatte mir gesagt, daß sie in dem Jahr etwas ganz Besonderes vorhatte, und mit der Summe war das nicht möglich – selbst ich begriff das. Ich log sie an und erklärte, ich wolle alles erst dann zusammenzählen, wenn wir uns träfen, weil es doch ihr Projekt sei, nicht meins. Es war so deprimierend. Ich versprach ihr, am folgenden Nachmittag nach der Schule mit dem Geld bei ihr vorbeizukommen. Das war der 21. Dezember, der kürzeste Tag des Jahres. Bis Weihnachten waren es nur noch vier Tage.

»Landon«, sagte sie, nachdem wir alles zusammengezählt hatten, »das ist ein Wunder!«

»Wieviel ist es denn?« fragte ich. Natürlich wußte ich ganz genau, wieviel es war.

»Es sind fast zweihundertsiebenundvierzig Dollar!« Sie strahlte über das ganze Gesicht, als sie mich ansah. Da Hegbert zu Hause war, durfte ich im Wohnzimmer sitzen, wo Jamie das Geld gezählt hatte. Es war in ordentlichen Häufchen über den ganzen Fußboden verteilt, fast alles waren Fünfundzwanzig-Cent-Stücke und Zehn-Cent-Stücke. Hegbert saß in der Küche, wo er seine Predigt schrieb, und wandte den Kopf, als er ihre Stimme hörte.

»Meinst du, daß das reicht?« fragte ich unschuldig.

Ein paar Tränen stahlen sich aus ihren Augen, als sie sich im Zimmer umsah und immer noch nicht glauben konnte, was da lag. Sogar nach dem Theaterstück war sie nicht so glücklich gewesen. Sie sah mich an.

»Es ist ... wunderbar«, sagte sie gerührt und lächelte. »Im letzten Jahr habe ich nur siebzig Dollar gesammelt.«

»Ich bin froh, daß diesmal mehr zusammengekommen ist«, sagte ich durch den Kloß, der sich in meinem Hals bildete. »Wenn du die Gläser nicht so früh im Jahr aufgestellt hättest, wäre das Ergebnis vielleicht nicht so gut gewesen.«

Ich wußte, daß ich log, aber das kümmerte mich nicht. Diesmal war es genau Das Richtige.

Ich half Jamie nicht, die Spielsachen auszusuchen – ich nahm an, daß sie besser wußte, was die Kinder wollten –, aber sie bestand darauf, daß ich am Weihnachtsabend mitkam, damit ich dabei war, wenn die Kinder ihre Geschenke aufmachten. »Bitte, Landon«, sagte sie, und da sie so aufgeregt war, hatte ich nicht das Herz, nein zu sagen.

Also zog ich mir drei Tage später, als meine Eltern zu einer Weihnachtsfeier beim Bürgermeister eingeladen waren, ein Jackett mit Hahnentrittmuster und meine beste Krawatte an und ging, das Geschenk für Jamie unter dem Arm, zum Wagen meiner Mutter. Ich hatte meine restlichen Dollars für einen hübschen Pullover ausgegeben, weil mir nichts anderes eingefallen war. Es war nicht gerade leicht, ein Geschenk für Jamie auszusuchen.

Ich sollte um sieben im Waisenhaus sein, aber weil die Zugbrücke beim Morehead City Port oben war, mußte ich warten, bis ein Frachter sie auf dem Weg zum Meer passiert hatte. Das bedeutete, daß ich ein paar Minuten zu spät kam. Da die Eingangstür schon abgeschlossen war, mußte ich eine Weile warten. Schließlich hörte Mr. Jenkins mein Klopfen. Er klimperte mit dem Schlüsselbund, bis er den richtigen Schlüssel gefunden hatte, und öffnete einen Moment später die Tür. Ich trat ein und klopfte mir auf die Arme, um warm zu werden.

»Ah, da bist du ja«, sagte er erfreut. »Wir warten schon auf dich. Komm, ich bringe dich zu den anderen.«

Er führte mich den Flur entlang zum Aufenthaltsraum, wo ich auch beim ersten Mal gewesen war. Ich blieb einen Moment stehen und holte tief Luft, bevor ich eintrat.

Es war besser, als ich es mir vorgestellt hatte.

Mitten im Raum stand ein riesiger Weihnachtsbaum, der mit Lametta, bunten Lichtern und gebastelten Figuren geschmückt war. Unter dem Baum lagen überall Geschenke, große und kleine, und alle bunt verpackt und übereinandergestapelt. Die Kinder saßen auf dem Fußboden eng zusammen im Halbkreis. Sie trugen ihre besten Sachen, nahm ich an – die Jungen waren in dunkelblauen Hosen und Hemden mit weißen Kragen, und die Mädchen hatte dunkelblaue Röcke und langärmelige Blusen an. Sie sahen aus, als wären sie eigens für den festlichen Abend geschrubbt worden, und die meisten Jungen hatten die Haare frisch geschnitten.

Auf dem Tisch neben der Tür standen eine Schale mit Weihnachtsbowle und ein großer Teller mit Keksen. Sie hatten die Form von Weihnachtsbäumen und waren mit grünem Zuckerguß bepinselt. Es saßen auch einige Erwachsene um den Baum, die ein paar der kleineren Kinder auf dem Schoß hatten. Alle lauschten mit konzentrierter Miene, während Jamie die Weihnachtsgeschichte vorlas.

Ich hatte Jamie nicht gleich gesehen und erkannte zuerst ihre Stimme, bevor ich sie entdeckte. Sie saß auf dem Fußboden vor dem Baum und hatte die Beine zur Seite geschlagen.

Ich war überrascht, als ich sah, daß sie ihr Haar auch heute, wie an den Abenden der Aufführung, offen trug. Statt der alten braunen Strickjacke, die ich so oft gesehen hatte, trug sie einen roten Pullover mit V-Ausschnitt, der irgendwie das Blau ihrer Augen hervorhob. Auch ohne das Glitzerzeug in ihrem Haar und das weiße fließende Gewand war ihr Anblick bezaubernd. Ich hatte gar nicht bemerkt, daß ich sie mit angehaltenem Atem anstarrte, doch als ich aus dem Augenwinkel bemerkte, daß Mr. Jenkins zu mir herüberlächelte, stieß ich den Atem aus, erwiderte sein Lächeln und versuchte mich zu sammeln.

Jamie hielt einen Moment inne. Als sie von dem Buch aufblickte, sah sie mich an der Tür stehen und las dann weiter. Nach ein paar Minuten hatte sie die Geschichte fertig gelesen und erhob sich. Sie strich sich den Rock glatt, ging um die Kinder herum und kam auf mich zu. Ich wußte nicht, was sie vorhatte, also blieb ich, wo ich war.

Mr. Jenkins war inzwischen verschwunden.

»Es tut mir leid, daß wir ohne dich angefangen haben«, sagte sie, als sie endlich neben mir stand, »aber die Kinder waren so aufgeregt.«

»Das macht doch nichts«, entgegnete ich mit einem Lächeln und staunte, wie hübsch sie aussah.

»Ich bin so froh, daß du kommen konntest.«

»Ich auch.«

Jamie lächelte, nahm meine Hand und ging voran. »Komm mit«, sagte sie, »hilf mir, die Geschenke zu verteilen.«

In der nächsten Stunde gaben wir den Kindern ihre Geschenke und sahen zu, wie sie sie auspackten. Jamie hatte in der ganzen Stadt nach passenden Dingen gesucht und für jedes Kind ein paar Geschenke besorgt – persönliche Gaben, wie sie sie noch nie zuvor erhalten hatten. Aber nicht nur Jamie hatte die Kinder bedacht – sie wurden auch vom Waisenhaus und von den Mitarbeitern beschenkt. Das bunte Papier wurde begierig aufgerissen, überall erklangen Freudenschreie. Soweit ich sehen konnte, hatten die Kinder viel mehr bekommen, als sie erwartet hatten, und sie bedankten sich überschwenglich bei Jamie.

Als sich die Aufregung endlich gelegt hatte und alle Geschenke ausgepackt worden waren, wurde es etwas ruhiger. Mr. Jenkins und eine andere Frau, die ich nicht kannte, räumten auf, und einige der kleineren Kinder wurden unter dem Baum schläfrig. Als ein paar der größeren mit ihren Geschenken in ihre Zimmer gegangen waren, hatten sie an der Tür das Deckenlicht gedämpft. Die Lichter am Baum und die Schallplatte mit »Stille Nacht, heilige Nacht«, die jemand aufgelegt hatte, verbreiteten eine feierliche Stimmung. Ich saß immer noch auf dem Fußboden, neben mir saß Jamie mit einem kleinen Mädchen, das in ihren Armen eingeschlafen war. Weil es so turbulent hergegangen war, hatten wir keine Zeit gehabt, miteinander zu sprechen, aber es war gut so, und wir betrachteten den leuchtenden Baum. Ich versuchte mir Jamies Gedanken vorzustellen. Ich hatte natürlich keine Ahnung, woran sie dachte, aber sie hatte einen versonnenen Gesichtsausdruck. Ich glaube – nein, *ich weiß* –, daß sie mit dem Verlauf des Abends zufrieden war, und tief in meinem Inneren war ich es auch. Es war das beste Weihnachtsfest, das ich bis zu diesem Zeitpunkt erlebt hatte.

Ich warf ihr einen Blick zu. Im Schein der Lichter war sie außerordentlich hübsch.

»Ich habe was für dich gekauft«, sagte ich zu ihr, »ein Geschenk, meine ich.« Ich sprach leise, damit das kleine Mädchen nicht aufwachte, und hoffte, so die Nervosität in meiner Stimme verbergen zu können.

Sie wandte den Blick vom Baum ab und sah mich lächelnd an. »Das war doch nicht nötig.« Auch sie sprach leise, ihre Stimme klang fast wie Musik.

»Ich weiß«, antwortete ich. »Aber ich wollte dir etwas schenken.« Ich hatte das Geschenk neben mich gelegt. Jetzt nahm ich es und gab es ihr.

»Kannst du es für mich aufmachen? Ich habe gerade keine Hand frei.« Sie blickte auf das kleine Mädchen hinunter und sah dann wieder mich an.

»Du brauchst es nicht aufzumachen, wenn du nicht möchtest«, sagte ich schulterzuckend. »Es ist nichts Besonderes.«

Um meiner Verwirrung Herr zu werden, fing ich an, das Geschenk auszupacken. Erst löste ich den Tesafilm, um das Papier nicht laut zerreißen zu müssen, dann wickelte ich den Karton aus. Ich schob das Papier zur Seite, nahm den Deckel ab und zog den Pullover heraus, um ihn ihr zu zeigen. Er war braun, wie der, den sie sonst trug. Aber ich fand, sie konnte einen neuen gebrauchen.

Im Vergleich zu den Freudenausbrüchen zu Beginn des Abends erwartete ich keine große Reaktion.

»Das ist es schon. Ich habe dir ja gesagt, daß es kein besonderes Geschenk ist«, sagte ich. Irgendwie hoffte ich, daß sie nicht enttäuscht war. Warum, weiß ich nicht.

»Er ist sehr schön, Landon«, erwiderte sie ernst. »Ich werde ihn das nächste Mal, wenn wir uns sehen, anziehen. Danke.«

Wir saßen wieder schweigend nebeneinander und sahen die Lichter an.

»Ich habe auch etwas für dich«, flüsterte Jamie schließlich. Sie deutete zum Baum hinüber. Ihr Geschenk lag immer noch darunter, halb verdeckt von dem Ständer, und ich nahm es. Es hatte eine rechteckige Form, ließ sich ein bißchen biegen und war ziemlich schwer. Ich legte es auf meine Knie und versuchte nicht einmal, es aufzumachen.

»Mach es doch auf«, ermutigte sie mich und sah mich an.

»Du kannst mir das nicht schenken«, sagte ich mit erstickter Stimme. Ich wußte, was in dem Paket war, und konnte es nicht fassen. Meine Hände begannen zu zittern.

»Bitte, mach es auf«, sagte sie mit freundlicher Stimme. »Ich möchte sie dir geben.«

Langsam machte ich das Päckchen auf. Als das Papier abgefallen war, hielt ich das Geschenk sanft in der Hand, weil ich Angst hatte, es zu beschädigen. Ich starrte wie gebannt darauf. Langsam strich ich mit der Hand über den Einband und befühlte das alte Leder, und dabei stiegen mir die Tränen in die Augen. Jamie legte ihre Hand auf meine. Sie war warm und weich.

Ich sah sie an. Ich wußte nicht, was ich sagen sollte.

Jamie hatte mir ihre Bibel geschenkt.

»Danke, daß du das alles getan hast«, flüsterte sie. »Es war das beste Weihnachtsfest meines Lebens.«

Ich sagte nichts und griff nach meinem Bowleglas. Immer noch liefen die Weihnachtslieder auf dem Grammophon und erfüllten den Raum mit Musik. Ich nahm einen Schluck aus dem Glas, um meine trockene Kehle zu befeuchten. Während ich trank, mußte ich an all die Male denken, die ich mit Jamie zusammengewesen war. Ich dachte an den Ball und daran, was sie für mich getan hatte. Ich dachte an das Theaterstück, in dem sie so engelsgleich ausgesehen hatte. Ich dachte daran, wie ich sie nach Hause begleitet hatte und wie ich ihr geholfen hatte, die Gläser mit dem Geld für die Waisenkinder einzusammeln.

Als mir all diese Bilder durch den Kopf gingen, stockte mir plötzlich der Atem. Ich sah Jamie an, dann wanderte mein Blick zur Decke und im Zimmer herum, während ich mich bemühte, die Fassung zu bewahren, dann sah ich wieder Jamie an. Sie lächelte mir zu, und ich lächelte ihr zu, und dann wunderte ich mich sehr, wie ich mich in ein Mädchen wie Jamie Sullivan verlieben konnte.

Kapitel 10

Nach der Weihnachtsfeier fuhr ich Jamie vom Waisenhaus nach Hause. Anfangs überlegte ich noch, ob ich ihr mit der alten Masche kommen und meinen Arm um ihre Schulter legen sollte, aber ehrlich gesagt wußte ich nicht, wie sie zu mir stand. Zugegeben, sie hatte mir das schönste Geschenk gemacht, das ich je bekommen hatte, auch wenn ich das Buch niemals, so wie sie, aufschlagen und darin lesen würde, aber ich wußte, daß sie mir ein Stück von sich selbst gegeben hatte. Doch Jamie gehörte zu den Menschen, die einem Fremden, dem sie auf der Straße begegneten, eine Niere spenden würden, wenn er eine brauchte. Also war ich mir nicht ganz sicher, was ich von all dem halten sollte.

Jamie hatte mir schon einmal gesagt, daß sie kein Dummkopf sei, und mittlerweile war ich bereit, das zu glauben. Sie war vielleicht..., anders, gut..., aber sie hatte erahnt, was ich für die Waisenkinder getan hatte, und wenn ich es mir recht überlegte, so hatte sie es schon in dem Moment gewußt, als wir bei ihr im Wohnzimmer auf dem Fußboden saßen und das

Geld zählten. Als sie es ein Wunder nannte, sprach sie wahrscheinlich von mir.

Ich erinnere mich noch, daß Hegbert ins Zimmer kam, als wir darüber sprachen, aber er sagte nichts dazu. Der alte Hegbert war nicht ganz er selbst in letzter Zeit, zumindest kam es mir so vor. Oh, seine Predigten waren immer noch brisant und befaßten sich nach wie vor mit dem Thema der Unzuchttreibenden, aber in letzter Zeit waren sie kürzer, und manchmal hielt er mitten im Satz inne und schien wie versunken, als dächte er an etwas anderes, etwas Trauriges.

Ich wußte nicht, was das zu bedeuten hatte, zumal ich ihn auch nicht besonders gut kannte. Und wenn Jamie über ihn sprach, schien sie sowieso einen ganz anderen Menschen zu beschreiben. Ich konnte mir Hegbert mit einem Sinn für Humor genausowenig vorstellen wie einen Himmel mit zwei Monden.

Jedenfalls war er ins Zimmer gekommen, während wir das Geld zählten. Als Jamie aufstand, hatte sie Tränen in den Augen, und er schien gar nicht zu bemerken, daß ich da war. Er sagte, er sei stolz auf sie und habe sie lieb, doch dann ging er wieder in die Küche und arbeitete weiter an seiner Predigt. Er hatte nicht einmal hallo gesagt! Klar, ich war nicht unbedingt der frömmste Junge in der Gemeinde, aber trotzdem fand ich, daß er sich etwas seltsam verhielt.

Während ich so über Hegbert nachdachte, warf ich Jamie neben mir einen Blick zu. Sie sah aus dem

Fenster, der Ausdruck in ihrem Gesicht war friedlich und gleichzeitig ganz entrückt. Ich lächelte. Vielleicht weilten ihre Gedanken bei mir. Meine Hand bewegte sich über den Sitz auf ihre zu, aber bevor ich zugreifen konnte, durchbrach Jamie das Schweigen.

»Landon«, sagte sie und sah mich an. »Denkst du manchmal über Gott nach?«

Ich zog meine Hand zurück.

Also, wenn ich über Gott nachdachte, dann stellte ich ihn mir wie auf den Gemälden in der Kirche vor – als einen Riesen, der über dem Land schwebte, mit einem weißen Gewand und wallendem Haar, und mit dem Finger deutete –, aber ich wußte, daß sie das nicht meinte. Sie sprach von der göttlichen Vorsehung. Es dauerte einen Moment, bevor ich antwortete.

»Klar«, erwiderte ich. »Manchmal schon.«

»Fragst du dich manchmal, warum die Dinge sind, wie sie sind?«

Ich nickte zögernd.

»Ich denke in letzter Zeit viel darüber nach.«

Mehr als sonst? wollte ich fragen, ließ es aber. Es war klar, daß sie weitersprechen wollte, also schwieg ich.

»Ich weiß, daß Gott für jeden von uns einen Plan hat, aber manchmal verstehe ich einfach nicht, was er uns damit sagen will. Geht es dir auch so?«

Sie sagte das so, als würde ich die ganze Zeit darüber nachdenken.

»Also«, fing ich an und versuchte zu improvisieren, »ich glaube, wir sollen es gar nicht immer verstehen. Ich glaube, manchmal sollen wir einfach Vertrauen haben.«

Eine ziemlich gelungene Antwort, das muß ich zugeben. Wahrscheinlich bewirkten meine Gefühle für Jamie, daß mein Verstand ein bißchen schneller als sonst arbeitete. Offensichtlich dachte sie über meine Antwort nach.

»Ja«, sagte sie schließlich, »du hast recht.«

Ich lächelte vor mich hin und wechselte das Thema, denn bei einem Gespräch über Gott können ja keine romantischen Gefühle aufkommen.

»Weißt du«, sagte ich lässig, »das hat mir richtig gut gefallen heute abend, als wir um den Weihnachtsbaum saßen.«

»Ja, mir auch«, entgegnete sie, aber in Gedanken war sie noch woanders.

»Und du sahst sehr hübsch aus.«

»Danke.«

Die Methode klappte nicht besonders gut.

»Kann ich dich mal was fragen?« sagte ich in der Hoffnung, daß sie sich mir dann zuwenden würde.

»Sicher.«

Ich atmete tief durch.

»Morgen nach dem Gottesdienst, und, also..., und wenn du mit deinem Vater zusammen warst... ich meine...« Ich schwieg und sah sie an. »Würdest du dann gern zu mir nach Hause zum Weihnachtsessen kommen?«

Obwohl ihr Gesicht noch immer zum Fenster gewandt war, konnte ich ein schwaches Lächeln darauf erkennen.

»Ja, Landon, ich würde sehr gern kommen.«

Ich seufzte vor Erleichterung, obwohl ich kaum glauben konnte, daß ich sie wirklich gefragt hatte, und nicht wußte, wie alles so gekommen war. Ich fuhr an weihnachtlich dekorierten Geschäften vorbei und über den Platz im Stadtzentrum. Kurz darauf wagte ich es, ihre Hand zu nehmen, die sie mir – wie zur Abrundung dieses wunderbaren Abends – nicht entzog.

Als wir bei ihr zu Hause ankamen, war das Licht im Wohnzimmer noch an; hinter dem Vorhang konnte ich Hegbert erkennen. Vermutlich war er wach geblieben, um zu hören, wie der Abend im Waisenhaus verlaufen war. Entweder das, oder er wollte sich vergewissern, daß ich seine Tochter vor der Haustür nicht küßte. Ich wußte, daß er dafür nichts übrig hatte.

Das ging mir durch den Kopf – ich meine, wie wir uns am Ende verabschieden würden –, als wir aus dem Auto stiegen und zur Tür gingen. Jamie war still und zufrieden, und ich glaube, sie war glücklich, weil ich sie für den nächsten Tag eingeladen hatte. Da sie durchschaut hatte, was ich für die Waisenkinder getan hatte, nahm ich an, daß sie den Grund für meine Einladung auch durchschaute. Ich glaube, ihr war es deutlich bewußt, daß ich sie zum ersten Mal aus eigenem Antrieb eingeladen hatte.

Als wir zu den Stufen kamen, sah ich, wie Hegbert hinter dem Vorhang hervorlugte und sofort seinen Kopf zurückzog. Bei anderen Eltern, denen von Angela, zum Beispiel, bedeutete das, daß sie wußten, man war zu Hause, und dann gaben sie einem noch ein paar Minuten, bevor sie die Tür aufmachten. Normalerweise hatte man so Gelegenheit, sich tief in die Augen zu blicken und den Mut zu einem Kuß zusammenzuraffen. Das brauchte schließlich seine Zeit.

Also, ich wußte nicht, ob Jamie mich küssen würde. Eher bezweifelte ich es. Aber da sie so hübsch aussah, mit dem offenen Haar und so, und da der Abend so gut gelaufen war, wollte ich die Gelegenheit nicht verpassen, sollte sie sich bieten. Ich spürte schon die kleinen Schmetterlinge in meiner Magengrube, doch da öffnete Hegbert die Tür.

»Ich habe das Auto gehört«, sagte er leise. Seine Haut war bleich wie immer, aber er sah auch müde aus.

»Hallo, Herr Pfarrer«, sagte ich beschämt.

»Hi, Daddy«, fiel Jamie glücklich ein, »wenn du doch dabeigewesen wärst heute abend! Es war wunderschön.«

»Das freut mich für dich.« Er sammelte sich und hüstelte. »Ihr könnt euch noch verabschieden. Ich lasse die Tür für dich offen.«

Er drehte sich um und ging ins Wohnzimmer. Ich wußte, daß er uns von seinem Platz aus sehen konnte. Er tat, als läse er, aber ich konnte nicht sehen, was er in der Hand hielt.

»Für mich war es ein wunderbarer Abend, Landon«, sagte Jamie.

»Für mich auch«, erwiderte ich und spürte Hegberts Blick auf mir. Ich fragte mich, ob er wußte, daß ich auf der Fahrt zurück Jamies Hand gehalten hatte.

»Um wieviel Uhr soll ich morgen kommen?« wollte sie wissen.

Hegbert hob die Augenbrauen ein wenig.

»Ich hole dich ab. Sagen wir fünf Uhr?«

Sie drehte sich halb um. »Daddy, hast du was dagegen, wenn ich morgen zu Landon und seinen Eltern gehe?«

Hegbert rieb sich die Augen und seufzte.

»Wenn es dir wichtig ist, meinetwegen«, antwortete er.

Nicht gerade ein überwältigender Vertrauensbeweis, aber mir reichte es.

»Was soll ich mitbringen?« fragte sie. Im Süden war es eine Tradition, diese Frage zu stellen.

»Du brauchst nichts mitzubringen«, sagte ich. »Ich hole dich um Viertel vor fünf ab, ja?«

Wir standen einen Moment schweigend da, so daß Hegbert schon ungeduldig wurde. Seit wir vor der Tür standen, hatte er nicht eine einzige Seite umgeblättert.

Schließlich sagte ich: »Bis morgen also.«

»Bis morgen«, sagte sie.

Sie senkte den Blick auf die Füße und sah mich dann wieder an. »Danke, daß du mich nach Hause gebracht hast.«

Damit drehte sie sich um und ging ins Haus. Ich konnte das kleine Lächeln um ihre Lippen kaum sehen, als sie noch einmal über ihre Schulter blickte, bevor sie die Tür schloß.

Am nächsten Tag holte ich sie pünktlich ab. Ich freute mich, daß sie ihr Haar wieder offen trug. Außerdem hatte sie, wie versprochen, den Pullover an, den ich ihr geschenkt hatte.

Meine Eltern waren ziemlich überrascht, als ich fragte, ob sie etwas dagegen hätten, wenn Jamie zum Essen käme. Es war keine zusätzliche Arbeit, denn wenn mein Vater zu Hause war, bekam Helen, unsere Köchin, von meiner Mutter die Anweisung, solche Mengen zu kochen, daß das Essen für eine kleine Kompanie gereicht hätte.

Von der Köchin habe ich noch gar nicht gesprochen, fällt mir ein. In unserem Haus hatten wir ein Hausmädchen und eine Köchin, und zwar nicht nur, weil meine Eltern sich das leisten konnten, sondern auch, weil meine Mutter nicht gerade eine begnadete Hausfrau war. Zum Lunch machte sie manchmal Sandwiches, dazu reichte es, aber hin und wieder hatte der Senf ihren Nagellack verfärbt, und das betrübte sie tagelang. Ohne Helen hätten wir immer angebrannten Kartoffelbrei und halbverkohltes Steak bekommen. Zum Glück hatte mein Vater das gleich am Anfang ihrer Ehe gemerkt und sowohl eine Köchin als auch ein Hausmädchen eingestellt.

Beide sind schon vor meiner Geburt in unserem Haushalt gewesen.

Obwohl unser Haus größer war als andere, konnte man es nicht eben einen Palast nennen. Die Köchin und das Mädchen wohnten also nicht bei uns, denn dafür hatten wir keinen Platz. Mein Vater hatte das Haus nämlich gekauft, weil es historischen Wert hatte. Zwar war es nicht das Haus, in dem einst Blackbeard gelebt hatte – was für jemanden wie mich von größerem Interesse gewesen wäre –, aber es war das Haus von Richard Dobbs Spaight gewesen, einem der Unterzeichner der Verfassung. Spaight war auch Besitzer einer Farm außerhalb von New Bern gewesen, das ungefähr sechzig Kilometer entfernt lag, und dort war er auch begraben. Unser Haus war also nicht so berühmt wie das, wo Dobbs Spaights Grab war, dennoch gab es meinem Vater ein gewisses Anrecht, damit zu prahlen, wenn er im Kongreß war. Und wenn er in unserem Garten lustwandelte, sann er ganz offensichtlich darüber nach, welches Erbe er hinterlassen wollte. In gewisser Weise machte es mich traurig, denn was er auch tat, er würde Richard Dobbs Spaight nie den Rang ablaufen können. Historische Ereignisse wie die Unterzeichnung der Verfassung ergaben sich nur alle paar hundert Jahre einmal, und wie man die Sache auch drehte und wendete, mit Diskussionen über landwirtschaftliche Subventionen oder Maßnahmen gegen die ROTE UNTERWANDERUNG würde man das nicht in den Schatten stellen können. Sogar einem wie mir war das klar.

Das Haus war im National Historic Register verzeichnet – vermutlich steht es da auch heute noch drin. Obwohl Jamie schon einmal bei uns gewesen war, sah sie sich ehrfürchtig um, als sie eintrat. Meine Eltern hatten sich beide schön angezogen, ich auch, und meine Mutter gab Jamie zur Begrüßung einen Kuß auf die Wange. Als ich sie beobachtete, schoß mir der Gedanke durch den Kopf, daß meine Mutter vor mir ans Ziel gelangt war.

Es gab ein schönes Essen mit vier Gängen, etwas förmlich, aber keineswegs steif oder so. Meine Eltern und Jamie unterhielten sich großartig – ich sage das im Andenken an Miss Garber –, aber meine Sorte Humor, mit der ich mich einschalten wollte, kam nicht so gut an, wenigstens bei meinen Eltern nicht. Jamie hingegen lachte, was ich als gutes Zeichen wertete.

Nach dem Essen schlug ich Jamie vor, ein bißchen in den Garten zu gehen, obwohl es Winter war und nichts blühte. Sie willigte ein, also zogen wir unsere Mäntel an und traten in die kühle Luft hinaus.

»Deine Eltern sind wunderbare Menschen«, sagte sie zu mir. Wahrscheinlich hatte sie sich Hegberts Predigten nicht zu Herzen genommen.

»Sie sind ganz nett«, sagte ich, »auf ihre Weise. Besonders meine Mutter, sie ist sehr lieb.« Ich sagte das nicht nur, weil es der Wahrheit entsprach, sondern auch, weil meine Freunde das gleiche über Jamie sagten. Ich hoffte, sie würde den Wink verstehen.

Sie blieb stehen und betrachtete die Rosensträucher. Sie sahen aus wie knotige Stöcke, die sie wohl kaum interessieren konnten.

»Stimmt das mit deinem Großvater?« fragte sie mich. »Die Geschichten, die die Leute sich über ihn erzählen?«

Offenbar hatte sie den Wink nicht verstanden.

»Ja«, erwiderte ich, bemüht, meine Enttäuschung zu verbergen.

»Das ist traurig«, sagte sie schlicht. »Im Leben gibt es anderes außer Geld.«

»Ich weiß.«

Sie sah mich an. »Wirklich?«

Ich sah ihr nicht in die Augen, als ich ihr antwortete. Ich hatte keine Ahnung, warum nicht.

»Ich weiß, daß das, was mein Großvater getan hat, falsch war.«

»Aber du willst es nicht zurückgeben, oder?«

»Darüber habe ich nie nachgedacht, ehrlich gesagt.«

»Würdest du es zurückgeben?«

Ich antwortete nicht sofort, und Jamie wandte sich ab. Sie stand mit versunkenem Blick vor den Rosensträuchern beziehungsweise Knotenstöcken, als mir bewußt wurde, daß sie wollte, daß ich ja sagte. Sie hätte sofort ja gesagt, ohne lange darüber nachzudenken.

»Warum machst du das?« platzte ich heraus, bevor ich mich bremsen konnte, und errötete. »Warum machst du mir ein schlechtes Gewissen? Ich habe das doch nicht getan. Ich gehöre einfach nur zur gleichen Familie.«

Sie streckte die Hand aus und berührte einen Ast.

»Du kannst es aber trotzdem wiedergutmachen«, sagte sie sanft, »wenn sich die Gelegenheit dazu bietet.«

Ihre Argumentation war einleuchtend, sogar mir, und insgeheim wußte ich, daß sie recht hatte. Aber diese Entscheidung, wenn ich sie je zu treffen hatte, lag in weiter Ferne. Ich war der Auffassung, daß ich viel wichtigere Dinge im Kopf hatte. Ich wechselte zu einem Thema, mit dem ich mehr anfangen konnte.

»Kann dein Vater mich leiden?« fragte ich. Ich wollte wissen, ob Hegbert es erlauben würde, daß ich sie wiedersah.

Es dauerte einen Moment, bevor sie antwortete.

»Mein Vater«, sagte sie langsam, »macht sich um mich Sorgen.«

»Tun das nicht alle Eltern?«

Sie senkte den Blick auf die Füße, sah zur Seite und hob dann die Augen wieder zu mir.

»Ich glaube, bei ihm ist es etwas anderes. Aber er mag dich, und er weiß, daß es mich glücklich macht, wenn wir uns sehen. Deswegen hat er mir erlaubt, heute zum Essen zu euch zu kommen.«

»Darüber bin ich froh«, sagte ich aufrichtig.

»Ich auch.«

Wir sahen uns unter der zunehmenden Mondsichel in die Augen. Beinahe hätte ich sie in dem Moment geküßt, aber sie wandte sich ein bißchen zu früh ab und sagte etwas, das mich fast aus der Bahn warf.

»Mein Vater macht sich auch um dich Sorgen, Landon.«

Die vormals so ungleichen Teenager werden ein Liebespaar

Jamie trägt ein erschütterndes Geheimnis mit sich herum, das sie Landon erst nicht mitzuteilen traut

Landon erlebt mit Jamie zum ersten Mal, was Liebe wirklich bedeutet

Nachdem Landon von Jamies Krankheit erfährt, bricht für den Jungen eine Welt zusammen

Der Teenager hält an seiner Liebe fest und steht Jamie unverändert zur Seite

»Ein unvergeßlicher Gang ... Es war der größte Augenblick in meinem Leben«

Die Art, wie sie es sagte – sanft und traurig zugleich –, machte mir deutlich, daß es nicht nur darum ging, daß ich verantwortungslos war oder daß ich mich früher hinter Bäumen versteckt und ihm Wörter hinterhergerufen hatte, auch nicht darum, daß ich zur Familie Carter gehörte.

»Warum?« fragte ich.

»Aus dem gleichen Grund wie ich auch«, entgegnete sie. Weiter sagte sie nichts dazu, und ich wußte, daß sie mir etwas verschwieg, etwas, das sie mir nicht sagen durfte und das sie traurig machte. Aber ich erfuhr ihr Geheimnis erst später.

In ein Mädchen wie Jamie Sullivan verliebt zu sein war zweifelsfrei die seltsamste Erfahrung, die ich je gemacht hatte. Nicht nur hatte ich bis zu dem Schuljahr – obwohl wir zusammen aufgewachsen waren – nie an sie gedacht, sondern auch die Art, wie meine Gefühle entstanden waren, war so ganz anders. Während ich Angela gleich beim ersten Mal, als wir allein waren, geküßt hatte, hatten Jamie und ich uns überhaupt noch nicht geküßt. Ich hatte sie auch noch nicht in den Arm genommen oder war mit ihr zu Cecil's Diner oder ins Kino gegangen. Ich hatte nichts von alldem gemacht, was ich sonst mit Mädchen machte, und doch hatte ich mich irgendwie verliebt.

Das Problem war nur, daß ich nicht wußte, wie sie zu mir stand.

Ja, sicher, es gab Anzeichen, und ich hatte sie durchaus bemerkt. Die Bibel war natürlich der Wink mit dem Zaunpfahl, aber da war auch der Blick, den sie mir am Weihnachtsabend zugeworfen hatte, als sie die Tür schloß, und auf dem Weg vom Waisenhaus hatte sie mir erlaubt, ihre Hand zu halten. Ich war mir ziemlich sicher, daß da etwas war – ich war mir nur nicht im klaren darüber, was der nächste Schritt sein würde.

Als ich sie nach dem Essen am Weihnachtstag nach Hause brachte, fragte ich sie, ob ich sie ab und zu besuchen könnte, und sie sagte, das wäre schön. Genauso sagte sie es: »Das wäre schön.« Ich nahm den Mangel an Begeisterung nicht persönlich. Jamie neigte manchmal dazu, wie eine Erwachsene zu sprechen. Wahrscheinlich war das der Grund, warum sie sich so gut mit älteren Leuten verstand.

Am nächsten Tag ging ich sie besuchen. Als ich ankam, sah ich gleich, daß Hegberts Auto nicht in der Einfahrt stand. Als sie zur Tür kam, wußte ich schon, daß ich sie nicht fragen durfte, ob ich reinkommen konnte.

»Hallo, Landon«, sagte sie, wie sie es immer sagte: als wäre es eine Überraschung, mich zu sehen. Wieder trug sie das Haar offen, was ich als positives Zeichen wertete.

»Hi, Jamie«, sagte ich locker.

Sie zeigte auf die Stühle. »Mein Vater ist nicht zu Hause, aber wir können auf der Veranda sitzen, wenn du möchtest...«

Ich weiß selbst nicht, wie es passiert ist, ich kann es nicht erklären. Erst dachte ich, ich würde gleich Richtung Veranda gehen, aber dann tat ich es nicht. Statt dessen machte ich einen Schritt auf sie zu und griff nach ihrer Hand. Ich hielt ihre Hand, sah ihr in die Augen und kam noch etwas näher. Sie wich zwar nicht zurück, aber ihre Augen weiteten sich, so daß ich einen winzigen Augenblick lang dachte, ich hätte etwas falsch gemacht, und zögerte. Ich lächelte und neigte den Kopf leicht zur Seite, da sah ich, daß sie die Augen schloß und ihren Kopf etwas neigte. Dann bewegten sich unsere Lippen aufeinander zu.

Es dauerte nicht sehr lange, und es war auch nicht die Art Kuß, wie man sie heute in Filmen sieht, aber es war trotzdem wunderbar. Ich erinnere mich nur an den Moment, als unsere Lippen sich berührten, und wußte, daß ich das nie vergessen würde.

Kapitel 11

»Du bist der erste Junge, der mich geküßt hat«, sagte sie zu mir.

Es war kurz vor Silvester. Jamie und ich standen an dem eisernen Landungssteg in Pine Knoll Shores. Um dorthin zu gelangen, mußte man die Brücke über den Intracoastal Waterway überqueren und ein Stück über die Insel fahren. Heutzutage findet man dort die teuersten Immobilien mit Meeresblick im ganzen Staat, aber damals waren es hauptsächlich Sanddünen, die sich an den Maritime National Forest schmiegten.

»Das habe ich mir schon gedacht«, entgegnete ich.

»Warum?« fragte sie unschuldig. »Habe ich etwas falsch gemacht?« Sie sah nicht so aus, als würde es sie sehr treffen, wenn ich ja gesagt hätte, aber das hätte gar nicht der Wahrheit entsprochen.

»Du küßt richtig gut«, sagte ich und drückte ihr die Hand.

Sie nickte und sah auf das Meer. Ihre Augen drifteten wieder in die Ferne. In letzter Zeit hatten sie oft diesen Ausdruck. Ich wartete eine Weile, dann hielt ich das Schweigen nicht länger aus.

»Ist etwas nicht in Ordnung, Jamie?« fragte ich schließlich.

Statt mir zu antworten, wechselte sie das Thema.

»Warst du schon mal verliebt?« wollte sie wissen.

Ich fuhr mir mit der Hand durch das Haar und sah sie bedeutungsvoll an. »Meinst du, vor diesem Mal?«

Ich sagte es in bester James-Dean-Manier, auf Erics Rat hin, der meinte, diese Art käme gut an, wenn ein Mädchen einem diese Frage stellte. Eric kannte sich bei Mädchen aus.

»Ich meine es ernst, Landon«, sagte sie mit einem Seitenblick.

Vermutlich hatte Jamie diese Filme auch gesehen. Wenn ich mit Jamie zusammen war, das merkte ich allmählich, wechselte meine Stimmung von zu Tode betrübt zu himmelhochjauchzend, und zwar schneller, als man eine Mücke erschlagen konnte. Ich war mir nicht sicher, ob mir dieser Aspekt unserer Beziehung gefiel, obwohl er andererseits etwas sehr Belebendes hatte. Ich hatte mich noch nicht ganz gefangen, als ich über ihre Frage nachdachte.

»Doch, ich war schon einmal verliebt«, gab ich schließlich zu.

Ihr Blick war immer noch auf das Meer gerichtet. Vermutlich dachte sie, ich spräche von Angela, aber rückblickend stellte ich fest, daß das, was ich für Angela empfunden hatte, ganz anders war als die Gefühle, die ich jetzt hatte.

»Woher wußtest du, daß es Verliebtsein war?«

Als ich so neben ihr stand und sah, wie der Wind mit ihrem Haar spielte, wußte ich, daß dies nicht der Zeitpunkt war, ihr etwas vorzumachen.

»Also«, sagte ich ernsthaft, »man weiß, daß es Verliebtsein ist, wenn man die ganze Zeit mit dem anderen zusammensein will und wenn man irgendwie merkt, daß es für den anderen genauso ist.«

Jamie dachte über die Antwort nach, dann lächelte sie leicht.

»Ach so«, sagte sie leise. Ich wartete darauf, daß sie weitersprach, aber sie sagte nichts mehr, und da begriff ich noch etwas.

Jamie hatte vielleicht keine Erfahrungen mit Jungen, aber ehrlich gesagt, sie wußte genau, wie sie unseresgleichen in den Griff bekam.

Zum Beispiel trug sie die Haare an den nächsten zwei Tagen wieder in einem Knoten.

Am Silvesterabend lud ich Jamie zum Essen ein. Es war ihre erste richtige Einladung. Wir gingen in ein kleines Restaurant direkt am Strand von Morehead City, das Flauvin's heißt. Flauvin's gehörte zu den Restaurants, in denen die Tische weiß gedeckt sind, Kerzen auf den Tischen stehen und um jedes Gedeck fünf verschiedene silberne Besteckstücke liegen. Die Kellner waren in Schwarz und Weiß gekleidet, wie Butler, und wenn man aus den großen Panoramafenstern guckte, die über die ganze Front gingen, dann sah man, wie sich das Mondlicht auf der leicht gekräuselten Wasseroberfläche brach.

Es gab einen Klavierspieler und sogar einen Sänger, zwar nicht jeden Abend, auch nicht jedes Wochenende, aber an Festtagen, wenn man damit rechnete, daß das Lokal voll werden würde. Ich mußte einen Tisch reservieren. Als ich anrief, sagten sie mir, daß sie ausgebucht seien, doch als meine Mom für mich noch einmal anrief, war gerade etwas frei geworden. Vielleicht wollte der Besitzer es sich nicht mit meinem Vater verscherzen, weil er vorhatte, ihn um einen Gefallen zu bitten, oder er wollte ihn nicht verärgern, weil er wußte, daß mein Großvater noch lebte.

Mom hatte übrigens die Idee gehabt, daß ich Jamie in ein besonderes Lokal ausführe. Ein paar Tage zuvor, an einem von denen, als Jamie ihr Haar zum Knoten hochgesteckt hatte, sprach ich mit meiner Mom über das, was ich gerade erlebte.

»Ich denke nur an sie, Mom«, gestand ich. »Also, ich weiß, daß sie mich mag, aber ich weiß nicht, ob sie meine Gefühle erwidert.«

»Ist sie dir so wichtig?« fragte Mom.

»Ja«, sagte ich einfach nur.

»Und, was hast du bisher probiert?«

»Wie meinst du das?«

Mom lächelte. »Ich meine, daß junge Mädchen, auch Jamie, gern spüren möchten, daß sie etwas Besonderes sind.«

Verwirrt dachte ich einen Moment darüber nach. Versuchte ich nicht die ganze Zeit, ihr dieses Gefühl zu geben?

»Na ja, ich bin jeden Tag bei ihr gewesen«, sagte ich.

Meine Mom legte mir die Hand aufs Knie. Auch wenn sie keine gute Hausfrau war und mich manchmal ein bißchen aufzog, so war sie doch ein sehr einfühlsamer Mensch.

»Wenn du sie besuchst, so ist das zwar ganz nett, aber nicht besonders romantisch. Du könntest etwas tun, womit du ihr deutlich zeigst, was für Gefühle du für sie hast.«

Dann schlug sie vor, daß ich Jamie ein Fläschchen Parfum schenken könnte. Obwohl ich dachte, daß Jamie sich vielleicht über das Geschenk freuen würde, klang es irgendwie nicht passend. Und da Hegbert ihr nicht erlaubte, Make-up aufzulegen – außer bei der Aufführung zu Weihnachten –, war ich mir sicher, daß sie auch kein Parfum tragen durfte. Das erklärte ich meiner Mom, und darauf schlug sie vor, Jamie zum Essen auszuführen.

»Ich habe kein Geld mehr«, bekannte ich niedergeschlagen. Obwohl meine Familie reich war und ich ein großzügiges Taschengeld bekam, kriegte ich nicht einfach einen Nachschlag, wenn ich es zu schnell ausgegeben hatte. »So lernt man Verantwortung«, hatte mir mein Vater einmal erklärt.

»Was ist mit deinem Sparkonto?«

Ich seufzte. Dann hörte meine Mom mir still zu, während ich es ihr erklärte. Am Schluß machte sie ein zufriedenes Gesicht, als wäre auch ihr klargeworden, daß ich endlich erwachsen wurde.

»Dann überlaß mir das«, sagte sie leise. »Finde du heraus, ob sie dazu Lust hat und ob Pfarrer Sullivan es erlauben würde. Wenn sie darf, dann wird es schon einen Weg geben, das verspreche ich dir.«

Am Tag darauf ging ich zur Kirche. Ich wußte, daß Hegbert dort in seinem Büro sein würde. Ich hatte Jamie noch nicht gefragt, weil ich annahm, daß sie Hegberts Erlaubnis brauchte, und aus irgendeinem Grunde wollte ich derjenige sein, der ihn fragte. Vermutlich lag das daran, daß Hegbert mich nicht gerade mit offenen Armen empfing, wenn ich vorbeikam. Immer, wenn er mich den Weg entlangkommen sah – er hatte wie Jamie einen siebten Sinn dafür, wann das war –, lugte er durch den Spalt am Vorhang und zog dann schnell den Kopf zurück, weil er dachte, ich hätte ihn nicht gesehen. Wenn ich klopfte, verging eine ganze Weile, bevor er die Tür aufmachte, als wäre er aus der Küche gekommen. Dann sah er mich lange an, seufzte tief und schüttelte den Kopf, bevor er endlich hallo sagte.

Die Tür zu seinem Büro stand einen Spalt offen, so daß ich ihn, die Brille auf der Nase, an seinem Tisch sitzen sehen konnte. Die Papiere vor ihm auf dem Tisch sahen aus, als hätten sie mit Zahlen zu tun – vielleicht stellte er das Budget für das kommende Jahr auf. Auch Pfarrer mußten Rechnungen bezahlen.

Ich klopfte. Er sah interessiert auf, als hätte er ein anderes Mitglied aus der Gemeinde erwartet, und runzelte die Stirn, als er mich erkannte.

»Hallo, Pfarrer Sullivan«, sagte ich höflich, »haben Sie einen Moment Zeit?«

Er nahm die Brille ab und rieb sich die Augen. Er sah noch erschöpfter aus als sonst, so daß ich annahm, daß es ihm nicht besonders gut ging.

»Hallo, Landon«, begrüßte er mich müde.

Ich hatte mich für den Besuch ganz förmlich gekleidet, mit Krawatte und Jackett. »Darf ich hereinkommen?«

Er nickte leicht, ich trat ein, und er zeigte auf den Stuhl vor seinem Schreibtisch.

»Was kann ich für dich tun?« fragte er.

Ich setzte mich nervös auf meinem Stuhl zurecht. »Also, Sir, ich wollte etwas mit Ihnen besprechen.«

Er sah mich lange prüfend an, bevor er fragte: »Hat es mit Jamie zu tun?« fragte er.

Ich holte tief Luft.

»Ja, Sir. Ich wollte fragen, ob ich sie am Silvesterabend zum Essen ausführen dürfte.«

Er seufzte. »Ist das alles?« wollte er wissen.

»Ja, Sir«, antwortete ich. »Und ich bringe sie nach Hause – Sie brauchen nur die Zeit zu sagen.«

Er nahm die Brille ab und putzte sie mit dem Taschentuch, dann setzte er sie wieder auf. Ich sah, daß er über mein Ansinnen nachdachte.

»Werden deine Eltern auch dabeisein?« fragte er.
»Nein, Sir.«

»Dann glaube ich nicht, daß es geht. Aber danke, daß du erst zu mir gekommen bist.« Er sah wieder auf seine Papiere, was ein deutliches Zeichen dafür war, daß ich gehen sollte. Ich stand auf und ging zur Tür. Als ich gerade das Büro verlassen wollte, drehte ich mich noch einmal zu ihm um.

»Pfarrer Sullivan?«

Er sah auf, überrascht, daß ich noch da war.

»Es tut mir leid, daß ich mich so schlecht benommen habe, als ich noch jünger war, und es tut mir auch leid, daß ich mich Jamie gegenüber nicht immer so verhalten habe, wie sie es verdient hätte. Aber von jetzt ab wird das anders sein. Das verspreche ich Ihnen.«

Er schien durch mich hindurchzusehen. Es reichte nicht.

»Ich liebe sie«, sagte ich schließlich, und in dem Moment richtete sich seine Konzentration wieder auf mich.

»Das weiß ich«, erwiderte er traurig, »aber ich möchte nicht, daß sie leidet.« Wahrscheinlich bildete ich es mir ein, aber es sah so aus, als würden seine Augen feucht.

»Ich würde ihr nicht weh tun«, sagte ich.

Er wandte sich ab und sah aus dem Fenster, wo die Wintersonne durch die Wolken zu dringen versuchte. Es war ein grauer Tag, kalt und bitter.

»Bring sie um zehn nach Hause«, sagte er schließlich in einem Ton, als wüßte er, daß er die falsche Entscheidung getroffen hatte.

Ich lächelte und wollte mich bedanken, ließ es aber. Ich sah, daß er allein sein wollte. Als ich über die Schulter zurückblickte, sah ich überrascht, daß er das Gesicht in die Hände gestützt hatte.

Ungefähr eine Stunde später war ich bei Jamie und fragte sie. Zuerst sagte sie, sie könne wahrscheinlich nicht gehen, aber als ich ihr sagte, daß ich schon mit ihrem Vater gesprochen hätte, schien sie überrascht. Danach hatte sie, glaube ich, ein anderes Bild von mir. Ich erzählte ihr allerdings nicht, daß es, als ich sein Büro verließ, so ausgesehen hatte, als weinte Hegbert. Nicht nur war ich mir nicht ganz sicher, ich wollte auch nicht, daß sie sich Sorgen machte. Als ich abends noch einmal mit meiner Mom sprach, gab sie eine mögliche Erklärung, die ehrlich gesagt ziemlich plausibel klang. Hegbert muß zu der Erkenntnis gekommen sein, daß seine Tochter erwachsen wurde und er sie langsam verlieren würde. Insgeheim hoffte ich, daß das stimmte.

Ich holte Jamie pünktlich ab. Obwohl ich sie nicht darum gebeten hatte, ihr Haar offen zu tragen, tat sie es für mich. Schweigend fuhren wir über die Brücke zum Wasser und zum Restaurant. Als wir das Lokal betraten, kam der Besitzer selbst und führte uns an unseren Tisch. Es war einer der besseren Tische in dem Restaurant.

Als wir kamen, waren die meisten Tische schon besetzt. Es herrschte eine fröhliche Stimmung, und da es Silvester war, trugen die meisten Gäste feine Abendkleidung. Wir waren die einzigen Teenager im Restaurant, aber ich fand nicht, daß wir unpassend wirkten.

Jamie war noch nie bei Flauvin's gewesen, so daß sie ein paar Minuten brauchte, um sich umzusehen. Sie schien ein bißchen nervös, aber glücklich, und ich wußte, daß der Vorschlag meiner Mutter richtig gewesen war.

»Es ist wunderbar hier«, sagte sie. »Danke, daß du mich eingeladen hast.«

»Das Vergnügen ist ganz meinerseits«, antwortete ich aufrichtig.

»Warst du schon mal hier?«

»Schon öfter. Meine Eltern gehen hier gern essen, wenn mein Vater mal eine Weile zu Hause ist.«

Sie sah aus dem Fenster, wo ein Schiff hell erleuchtet vorbeifuhr. Einen Moment lang schien sie wie versunken vor Staunen. »Es ist so schön hier«, sagte sie.

»Du bist auch schön«, gab ich zurück.

Jamie errötete. »Das meinst du nicht ehrlich.«

»O doch«, sagte ich, »das meine ich ehrlich.«

Wir hielten uns an den Händen, während wir auf das Essen warteten, und sprachen über die Dinge, die in den letzten Monaten passiert waren. Sie lachte, als ich ihr von dem Schulball erzählte und den wahren Grund gestand, warum ich sie eingeladen hatte. Sie nahm es gutmütig hin. Wahrscheinlich hatte sie mich ohnehin schon durchschaut gehabt.

»Würdest du mich beim nächsten Mal wieder einladen?« neckte sie mich.

»Unbedingt.«

Das Essen – wir hatten beide Seebarsch und Salat bestellt – war köstlich. Als der Kellner danach die Teller abräumte, fing gerade die Musik an. Wir hatten noch Zeit, bevor ich sie nach Hause bringen mußte, also forderte ich sie auf.

Am Anfang waren wir die einzigen, und alle sahen uns zu, während wir über das Parkett glitten. Ich glaube, die Älteren wußten, daß wir verliebt waren, und fühlten sich an die Zeit erinnert, als sie selbst jung waren. Hier und da sah ich ein Lächeln. Das Licht im Raum war gedämpft, und als der Sänger eine romantische Melodie anstimmte, zog ich Jamie näher an mich heran und schloß die Augen. Hatte es je einen vollkommeneren Moment in meinem Leben gegeben?

Ich war verliebt, ein Gefühl, das noch wunderbarer war, als ich es mir je vorgestellt hatte.

Nach Neujahr verbrachten wir die nächsten anderthalb Wochen zusammen und taten das, was junge Paare damals so taten, obwohl Jamie von Zeit zu Zeit müde und schlapp schien. Wir gingen zum Neuse River und vergnügten uns damit, Steine ins Wasser zu werfen und die Wellen zu beobachten, während wir uns unterhielten, oder wir gingen zum Strand in der Nähe von Fort Macon. Obwohl es Winter war und der Fluß die Farbe von Eisen hatte, machte es uns beiden Spaß. Nach einer Stunde bat Jamie mich meist, sie nach Hause zu bringen. Auf der Rückfahrt hielten wir im Auto Händchen. Manchmal war es, als würde sie einnicken, bevor wir zurück waren, dann wieder redete sie unentwegt, so daß ich nicht zu Wort kam.

Natürlich taten wir auch die Dinge, die ihr wichtig waren. Zwar begleitete ich sie nicht in ihren Bibelkurs – ich wollte mich vor ihr nicht blamieren –, aber wir fuhren zweimal ins Waisenhaus, und jedesmal fühlte ich mich dort mehr dazugehörig. Einmal mußten wir allerdings früher als geplant aufbrechen, weil Jamie erhöhte Temperatur hatte. Selbst mein ungeübtes Auge erkannte, daß ihr Kopf glühte.

Wir küßten uns auch, aber nicht jedesmal, wenn wir zusammen waren, und ich dachte überhaupt nicht daran, den zweiten Schritt zu wagen. Es war nicht nötig. Wenn wir uns küßten, war das schön, es fühlte sich zärtlich und richtig an, und das war genug. Je öfter ich sie küßte, desto klarer wurde mir, daß Jamie ihr Leben lang mißverstanden worden war, nicht nur von mir, sondern von allen anderen auch.

Jamie war nicht nur die Pfarrerstochter, die die Bibel las und anderen Menschen nach Kräften half. Jamie war gleichzeitig auch ein siebzehnjähriges Mädchen mit den gleichen Hoffnungen und Zweifeln, die auch mich bewegten. Zumindest nahm ich das an, bis sie mir endlich ihr Geheimnis verriet.

Ich werde den Tag nie vergessen, denn sie war ganz still gewesen. Die ganze Zeit hatte ich das komische Gefühl, daß ihr etwas Wichtiges auf der Seele lag.

Am Samstag, bevor die Schule wieder anfing, brachte ich sie von Cecil's Diner nach Hause. Es ging ein böiger, schneidender Wind, der seit dem Morgen davor aus Nordost wehte. Wir mußten uns eng umschlungen halten, um warm zu bleiben. Jamie hatte sich bei mir untergehakt, während wir langsam, noch langsamer als sonst, gingen. Ich merkte, daß ihr nicht gut war. Sie hatte wegen des Wetters nicht mit mir kommen wollen, aber ich hatte sie eindringlich gebeten, weil ich nämlich beschlossen hatte – daran erinnere ich mich –, daß meine Freunde von uns erfahren sollten. Bedauerlicherweise war jedoch keiner von ihnen bei Cecil's. Wie in vielen Gemeinden an der Küste war das Strandleben im Winter sehr ruhig.

Jamie sprach nicht. Ich wußte, daß sie darüber nachdachte, wie sie mir das, was ihr auf dem Herzen lag, beibringen sollte. Ihre Gesprächseröffnung, als sie dann kam, war überraschend.

»Die anderen denken, ich bin komisch, stimmt's?« sagte sie schließlich und durchbrach das Schweigen.

»Welche anderen?« fragte ich, obwohl ich die Antwort wußte.

»Die anderen in der Schule.«

»Das stimmt nicht«, log ich.

Ich küßte sie auf die Wange und drückte ihren Arm etwas fester an mich. Als sie zusammenzuckte, merkte ich, daß ich ihr weh getan hatte.

»Alles in Ordnung?« fragte ich besorgt.

»Alles in Ordnung«, sagte sie, faßte sich und griff das Thema wieder auf. »Kannst du mir einen Gefallen tun?«

»Was immer du willst«, erwiderte ich.

»Kannst du mir versprechen, von jetzt ab immer die Wahrheit zu sagen? Ich meine, immer?«

»Na klar«, sagte ich.

Sie hielt mich plötzlich fest und sah mich an. »Lügst du jetzt im Moment?«

»Nein«, sagte ich abwehrend. Ich hatte keine Ahnung, wohin das Gespräch führen würde. »Ich verspreche, daß ich von jetzt an immer die Wahrheit sagen werde.«

Ich wußte in dem Moment schon, daß ich es später bereuen würde.

Wir gingen weiter. Als ich ihre Hand in meiner betrachtete, fiel mir ein großer blauer Fleck unterhalb ihres Ringfingers auf. Ich hatte keine Ahnung, woher der kam, denn tags zuvor war er nicht dagewesen. Einen Moment dachte ich, ich hätte ihn ihr zugefügt, aber dann wurde mir bewußt, daß ich sie da gar nicht berührt hatte.

»Die anderen finden mich komisch, stimmt's?« fing sie wieder an.

Mein Atem ging hastig.

»Ja«, antwortete ich schließlich. Es tat mir weh, das auszusprechen.

»Warum?« Sie sah mich fast verzagt an.

Ich dachte nach. »Aus verschiedenen Gründen«, sagte ich ausweichend und wollte es dabei belassen.

»Aber warum genau? Ist es wegen meines Vaters? Oder weil ich versuche, nett zu den Menschen zu sein?«

Ich wollte dieses Gespräch nicht führen.

»Wahrscheinlich«, war alles, was ich zustande brachte. Mir war ein wenig schwindlig.

Jamie schien enttäuscht, als wir schweigend weitergingen.

»Findest du mich auch komisch?« fragte sie mich.

So wie sie es sagte, tat es mir noch mehr weh, als ich mir vorgestellt hatte. Wir waren schon fast bei ihrem Haus angekommen, als ich stehenblieb und sie an mich zog. Ich küßte sie. Als wir voneinander abließen, senkte sie den Blick.

Ich legte ihr einen Finger unter das Kinn und hob ihren Kopf, so daß sie mich ansehen mußte. »Du bist ein wunderbarer Mensch, Jamie. Du bist schön, du bist freundlich, du bist zärtlich… du bist alles, was ich gern wäre. Wenn die anderen dich nicht mögen oder dich komisch finden, dann ist das ihr Problem.«

In dem grauen Dämmerlicht des kalten Wintertages konnte ich sehen, wie ihre Unterlippe zu zittern begann. Auch mir war jämmerlich zumute, und mein Herz klopfte laut. Ich sah ihr in die Augen und legte alle meine Gefühle in ein Lächeln. Ich wußte, daß die Worte sich ihren Weg bahnen würden.

»Ich liebe dich, Jamie«, sagte ich zu ihr. »Du bist das Beste, was mir je in meinem Leben passiert ist.«

Es war das erste Mal, daß ich diese Worte zu einem Menschen, der nicht zu meiner Familie gehörte, sagte. Ich hatte gedacht, es würde mir schwerfallen, aber es war ganz leicht. Nie war ich mir einer Sache sicherer gewesen.

Sobald ich die Worte ausgesprochen hatte, ließ Jamie den Kopf sinken und fing an zu weinen. Ich nahm sie in die Arme und wunderte mich, daß sie so traurig war. Sie war dünn; erst jetzt merkte ich, wie zerbrechlich sie eigentlich war. Sie hatte abgenommen, sogar in den letzten anderthalb Wochen. Dann fiel mir ein, daß sie das Essen in Cecil's Diner kaum angerührt hatte. Sie weinte ziemlich lange, so schien mir, an meiner Brust. Ich wußte nicht, was ich denken sollte oder ob sie meine Gefühle teilte. Dennoch tat es mir nicht leid, die Worte ausgesprochen zu haben. Die Wahrheit bleibt die Wahrheit, und ich hatte ihr gerade versprochen, ihr immer die Wahrheit zu sagen.

»Bitte, sag so was nicht«, hörte ich sie, »bitte...«

»Aber wenn es doch stimmt...«, unterbrach ich sie, weil ich dachte, sie glaube mir nicht.

Sie schluchzte nur noch heftiger. »Es tut mir leid«, flüsterte sie zwischen den Schluchzern. »Es tut mir so leid...«

Plötzlich war meine Kehle wie ausgetrocknet.

»Was tut dir leid?« fragte ich. Ich mußte verstehen, was sie bekümmerte. »Hat es mit meinen Freunden zu tun? Was sie sagen werden? Das ist mir alles egal – wirklich.« Ich versuchte, mich an irgend etwas zu klammern, ich war verwirrt und, ja – ich hatte Angst.

Es dauerte eine ganze Weile, bevor sie aufhörte zu weinen, und dann sah sie zu mir auf. Sie küßte mich zärtlich, es war fast wie der Hauch eines vorbeiziehenden Atems, und fuhr mit dem Finger sanft über meine Wange.

»Du darfst nicht in mich verliebt sein, Landon«, sagte sie und sah mich mit rot geschwollenen Augen an. »Wir können Freunde sein, wir können uns treffen..., aber du darfst nicht verliebt in mich sein.«

»Warum denn nicht?« sagte ich heftig. Ich verstand gar nichts mehr.

»Weil ich sehr krank bin, Landon«, erwiderte sie leise.

Die Vorstellung war mir so fremd, daß ich nicht begriff, was sie damit sagen wollte.

»Na und? Das geht doch in ein paar Tagen vorbei...«

Ein trauriges Lächeln zog über ihr Gesicht, da verstand ich, was sie mir sagen wollte. Sie sah mir fest in die Augen, als sie die Worte sprach, die meine Seele betäubten.

»Ich muß sterben, Landon.«

Kapitel 12

Sie hatte Leukämie. Sie wußte es seit dem Sommer.

In dem Moment, als sie es mir sagte, wich alles Blut aus meinem Gesicht, und eine Folge von verwirrenden Bildern schoß mir durch den Kopf. Es war, als wäre die Zeit in diesem kurzen Augenblick zum Stillstand gekommen und ich hätte alles verstanden, was in den vergangenen Monaten zwischen uns passiert war. Ich verstand, warum sie mich in dem Theaterstück haben wollte. Ich verstand, warum Hegbert nach der ersten Aufführung mit Tränen in den Augen geflüstert hatte: »Mein Engel.« Ich verstand, warum er die ganze Zeit so müde aussah und sich Sorgen machte, wenn ich zu ihnen ins Haus kam. Alles war plötzlich sonnenklar.

Warum das Weihnachtsfest für die Waisenkinder ein ganz besonderes Fest sein sollte ...

Warum sie glaubte, sie würde nicht zum College gehen ...

Warum sie mir ihre Bibel geschenkt hatte ...

Alles paßte vollkommen zusammen, und gleichzeitig ergab nichts einen Sinn.

Jamie Sullivan hatte Leukämie ...

Jamie, die liebe Jamie, mußte sterben ...
Meine Jamie ...
»Nein, nein ...«, flüsterte ich, »das muß ein Irrtum sein ...«

Aber es war kein Irrtum, und als sie es noch einmal sagte, war alles wie ausgelöscht. Mir wurde schwindlig, so daß ich mich an ihr festhalten mußte, um nicht zu fallen. Ich sah einen Mann und eine Frau, die auf uns zukamen; sie hatten die Köpfe gesenkt und hielten ihre Hüte fest, damit die im Wind nicht wegflogen. Ein Hund trottete über die Straße und beschnüffelte die Büsche am Rand. Ein Nachbar von der anderen Straßenseite stand auf einer Leiter und nahm die Weihnachtsbeleuchtung ab. Normale Bilder aus dem alltäglichen Leben, Dinge, die ich zuvor gar nicht bemerkt hätte, und jetzt machten sie mich zornig. Ich schloß die Augen und wollte, daß alles vorüberging.

»Es tut mir so leid, Landon ...«, sagte sie immer wieder. Wo doch ich das sagen sollte. Das weiß ich jetzt, aber ich war zu benommen, um überhaupt etwas über die Lippen zu bringen.

In meinem Innersten wußte ich, daß es nicht vorübergehen würde. Ich hielt sie im Arm, ich wußte nicht, was ich sonst tun sollte. Tränen traten mir in die Augen. Ich war nicht der Fels, der ich sein wollte und den sie, glaube ich, gebraucht hätte.

Zusammen weinten wir lange, mitten auf der Straße, kurz vor ihrem Haus. Und wir weinten wieder, als Hegbert uns die Tür öffnete. Beim Anblick unserer Gesichter wußte er sofort, daß das Geheimnis gelüftet war. Wir weinten wieder, als wir mit meiner Mutter am Nachmittag darüber sprachen, und meine Mutter drückte Jamie an sich und schluchzte so laut, daß sowohl das Mädchen als auch die Köchin den Arzt rufen wollten, weil sie glaubten, meinem Vater sei etwas zugestoßen. Am Sonntag setzte Hegbert, sein Gesicht von Kummer und Angst gezeichnet, die Gemeinde in Kenntnis und mußte zu seinem Platz geführt werden, bevor er mit der Ankündigung fertig war.

Die Gemeindemitglieder starrten ungläubig vor sich hin angesichts der Worte, die sie soeben gehört hatten, als könnten sie ihren Ohren nicht trauen und warteten nun auf die Auflösung dieser schrecklichen Geschichte. Dann brach das Wehklagen los.

An dem Tag, als Jamie es mir sagte, saßen wir mit Hegbert zusammen. Jamie beantwortete mir geduldig meine Fragen. Sie wußte nicht, wie lange sie noch leben würde, sagte sie. Nein, die Ärzte konnten nichts tun. Es war eine seltene Form der Krankheit, hatten sie gesagt, die man nicht mit den verfügbaren Methoden behandeln konnte. Ja, als nach dem Sommer die Schule begann, hatte sie sich gesund gefühlt. Erst in den letzten Wochen hatte sie etwas gemerkt.

»Es kommt ganz schleichend«, sagte sie. »Du fühlst dich wohl, und wenn dein Körper keine Abwehrkräfte mehr hat, fühlst du dich nicht mehr wohl.«

Ich kämpfte mit den Tränen und mußte an das Theaterstück denken.

»Aber die ganzen Proben ... die langen Abende ... vielleicht hättest du das nicht ...«

»Vielleicht nicht«, unterbrach sie mich und nahm meine Hand. »Aber wegen des Theaterstücks bin ich so lange gesund geblieben.«

Später sagte sie, daß seit der Diagnose sieben Monate vergangen seien. Die Ärzte hatten ihr ein Jahr gegeben, vielleicht auch weniger.

Heutzutage wäre es anders verlaufen. Heutzutage hätte es Möglichkeiten der Behandlung gegeben. Heutzutage hätte Jamie wahrscheinlich überlebt. Aber wir sprechen von der Zeit vor vierzig Jahren, und ich wußte, was das hieß.

Nur ein Wunder konnte sie retten.

»Warum hast du mir nichts gesagt?«

Das war die eine Frage, die ich ihr noch nicht gestellt hatte, die Frage, die mir immer im Kopf herumgegangen war. Meine Augen waren geschwollen, weil ich die ganze Nacht nicht geschlafen hatte. Ich hatte alle Phasen von Schock, Verleugnung, Zorn und Trauer wieder und wieder durchlaufen, die ganze Nacht hindurch, hatte gebetet, daß es nicht wahr sein möge, daß es ein gräßlicher Alptraum war.

Wir saßen in ihrem Wohnzimmer. Es war der Tag, an dem Hegbert es der Gemeinde gesagt hatte, der 10. Januar 1959.

Jamie sah nicht so deprimiert aus, wie ich es mir vorgestellt hatte. Aber natürlich hatte sie schon sieben Monate mit dem Wissen gelebt. Nur sie und Hegbert hatten es gewußt, und sie hatten mir nicht getraut. Das verletzte und ängstigte mich zugleich.

»Ich hatte beschlossen«, erklärte sie mir, »daß es besser wäre, es niemandem zu sagen, und ich habe meinen Vater gebeten, auch nichts zu sagen. Du hast die Menschen heute nach dem Gottesdienst erlebt. Keiner konnte mir in die Augen sehen. Wenn du nur noch ein paar Monate zu leben hättest, würdest du das dann wollen?«

Ich wußte, daß sie recht hatte, aber es machte es nicht leichter. Zum ersten Mal in meinem Leben fühlte ich mich völlig verloren.

Von den Menschen, die mir nahe waren, war noch nie einer gestorben, zumindest konnte ich mich nicht daran erinnern. Meine Großmutter starb, als ich drei war, aber ich habe keine Erinnerung daran: nicht an sie, nicht an die Trauerfeier und auch nicht an die Zeit unmittelbar nach ihrem Tod. Ich hörte natürlich Geschichten, sowohl von meinem Vater als auch von meinem Großvater, und für mich waren sie nicht mehr als das: Geschichten. Es war so, als würde ich in einem Buch über eine Frau lesen, die ich gar nicht kannte. Zwar nahm mein Vater mich mit, wenn er zum Friedhof ging und Blumen auf ihr Grab legte, aber ich hatte keine Gefühle in dem Zusammenhang. Die hatte ich nur für die Menschen, die sie hinterlassen hatte.

In meiner Familie und in meinem Freundeskreis hatte nie jemand vor einer solchen Situation gestanden. Jamie war siebzehn, ein Kind auf der Schwelle zum Frausein, am Rande des Todes und gleichzeitig sehr lebendig. Ich hatte Angst, so große Angst wie nie zuvor, nicht nur ihretwegen, sondern auch meinetwegen. Ich lebte in der Angst, einen Fehler zu machen, etwas zu tun, das sie kränken würde. Durfte man vor ihr jemals wütend werden? Durfte man über die Zukunft sprechen? Wegen dieser Angst fiel es mir schwer, überhaupt mit ihr zu reden, obwohl sie, wie gesagt, viel Geduld mit mir hatte.

In meiner Angst wurde mir noch etwas anderes klar, was alles noch verschlimmerte: Ich hatte sie gar nicht richtig gekannt, als sie gesund war. Erst seit ein paar Monaten sahen wir uns regelmäßig, und verliebt war ich seit genau achtzehn Tagen. Diese achtzehn Tage kamen mir vor wie mein ganzes Leben, aber wenn ich Jamie ansah, stellte ich mir unwillkürlich die Frage, wie viele Tage es noch geben würde.

Am Montag kam sie nicht zur Schule. Da wußte ich, daß sie dieses Gebäude nie mehr betreten würde. Ich würde sie nie mehr in der Mittagspause allein mit der Bibel am Tisch sitzen sehen, ich würde nie mehr ihre braune Strickjacke in der Menge sehen, wenn sie auf dem Weg zur nächsten Stunde war. Sie hatte mit der Schule abgeschlossen, sie würde nie ihr Abschlußzeugnis erhalten. Zumindest dachte ich so.

Am ersten Schultag nach den Ferien konnte ich mich auf nichts konzentrieren, während ein Lehrer nach dem anderen uns das erzählte, was wir längst wußten. Die Reaktionen waren ähnlich wie die in der Kirche. Die Mädchen weinten, die Jungen ließen die Köpfe hängen, man erzählte sich Geschichten, als wäre Jamie schon längst tot. Was können wir tun? fragten sich alle und sahen mich an, als wüßte ich die Antwort.

»Ich weiß es auch nicht«, war das einzige, was mir einfiel.

Ich schwänzte die Nachmittagsschulstunden und ging zu Jamie. Als ich an die Tür klopfte, öffnete sie, wie sie es immer getan hatte, fröhlich und – so wollte es scheinen – sorgenfrei.

»Hallo, Landon«, begrüßte sie mich, »was für eine Überraschung!«

Als sie sich zu mir neigte, um mich zu küssen, erwiderte ich den Kuß, aber beinahe hätte ich losgeweint.

»Mein Vater ist nicht zu Hause, aber wenn du magst, können wir auf der Veranda sitzen.«

»Wie kannst du so sein?« platzte ich heraus. »Wie kannst du so tun, als wäre alles in Ordnung?«

»Ich tue nicht so, als wäre alles in Ordnung, Landon. Ich hole eben meinen Mantel, dann können wir uns draußen unterhalten – ist dir das recht?«

Sie lächelte und wartete auf meine Antwort. Schließlich nickte ich mit zusammengepreßten Lippen. Sie streichelte mir über den Arm.

»Ich bin gleich wieder da«, sagte sie.

Ich setzte mich auf einen der Stühle. Einen Moment später kam Jamie heraus. Sie trug einen Wintermantel, Handschuhe und eine Mütze, damit sie nicht fror. Der Nordostwind war abgeflaut, und es war längst nicht mehr so kalt wie am Wochenende, aber für sie war es zu kalt.

»Du warst heute nicht in der Schule«, sagte ich.

Sie nickte und senkte den Blick. »Ich weiß.«

»Kommst du denn wieder zur Schule?« Obwohl ich die Antwort schon wußte, mußte ich sie aus ihrem Mund hören.

»Nein«, entgegnete sie leise, »ich komme nicht mehr.«

»Warum nicht? Geht es dir so schlecht?« Als mir die Tränen in die Augen traten, griff sie nach meiner Hand.

»Nein, heute fühle ich mich eigentlich ganz gut. Ich möchte einfach morgens, bevor mein Vater in sein Büro geht, zu Hause sein. Ich möchte soviel Zeit wie möglich bei ihm sein.«

Bevor ich sterbe, hätte sie noch hinzufügen können, ließ es aber. Mir war übel, ich wußte nichts zu sagen.

»Als die Ärzte uns die Diagnose mitteilten«, fuhr sie fort, »sagten sie, ich solle, so lange es geht, ein möglichst normales Leben führen. Sie meinten, so würde ich besser bei Kräften bleiben.«

»Das ist aber nicht normal«, sagte ich mit Bitterkeit.

»Ich weiß.«

»Hast du keine Angst?«

Irgendwie erwartete ich, daß sie *nein* sagen würde, daß sie sehr erwachsen und weise antworten und mir erklären würde, daß wir uns nicht anmaßen dürfen, die göttliche Vorsehung verstehen zu wollen.

Sie wandte den Blick ab. »Doch«, sagte sie dann, »ich habe die ganze Zeit Angst.«

»Warum verhältst du dich dann nicht so?«

»Das tue ich. Wenn ich allein bin.«

»Weil du mir nicht vertraust?«

»Nein«, antwortete sie, »weil ich weiß, daß du auch Angst hast.«

Ich fing an, für ein Wunder zu beten.

Angeblich passierten sie laufend. Ich las davon in den Zeitungen. Menschen, die wieder laufen konnten, nachdem man ihnen gesagt hatte, sie würden ihr Leben lang im Rollstuhl sitzen, oder die einen schrecklichen Unfall überlebten, obwohl keine Hoffnung bestand. Immer mal wieder schlug ein Wanderprediger vor unserer Stadt sein Zelt auf, zu dem die Menschen pilgerten, um zu sehen, wie andere geheilt wurden. Ich war auch ein paarmal dagewesen. Obwohl ich vermutete, daß die meisten Heilungen faule Tricks waren, weil ich nicht einen von den Menschen, die geheilt wurden, kannte, gab es doch gelegentlich Dinge, die auch ich mir nicht erklären konnte. Sweeney, der Bäcker in Beaufort, hatte im Ersten Weltkrieg gekämpft, und nach Monaten des Gefechtsfeuers in den Schützengräben war er auf einem Ohr taub. Er tat nicht nur so, er hörte wirklich nichts, so daß wir als Kinder manchmal unbemerkt eine Zimtstange stibitzen konnten. Der Prediger fing heftig an zu beten und legte seine Hand auf Sweeneys Kopf. Sweeney schrie laut auf, so daß die Zuschauer von ihren Sitzen aufsprangen. Er hatte einen erschrockenen Gesichtsausdruck, als hätte der Prediger ihn mit einem glühenden Schürhaken berührt, doch dann schüttelte er den Kopf, sah sich um und sagte: »Ich kann wieder hören!« Er konnte es selbst nicht glauben. Gott, verkündete der Prediger, als Sweeney sich wieder auf seinen Platz setzte, Gott ist allmächtig. Er erhört unsere Gebete.

An dem Abend schlug ich die Bibel auf, die Jamie mir zu Weihnachten geschenkt hatte, und fing an zu lesen. Ich hatte natürlich Bibelgeschichten im Kindergottesdienst und im Religionsunterricht gehört, aber ich erinnerte mich nur an die spektakulären Dinge: Gott schickt die sieben Plagen, damit das Volk Israel aus Ägypten ausziehen kann, Jonas wird von einem Wal verschluckt, Jesus wandelt über das Wasser oder erweckt Lazarus von den Toten. Es gab noch andere aufsehenerregende Geschichten. Ich wußte, daß in fast jedem Kapitel der Bibel von den großen Taten Gottes berichtet wird, ich hatte nur nicht alles gelesen. Für uns Christen galt hauptsächlich das Neue Testament, so daß ich nichts über die Bücher Jesaja oder Ruth oder Joel wußte. In der ersten Nacht las ich Genesis, in der zweiten Nacht Exodus. Dann kam Levitikus, dann Numeri, dann Deuteronomium. An manchen Stellen kam ich nur schleppend voran, besonders da, wo die Gesetze erklärt wurden, aber ich konnte trotzdem nicht aufhören. Ich war gefesselt, ohne daß ich genau wußte, warum.

Eines Abends, es war schon spät, kam ich zu den Psalmen und wußte sofort, daß ich die gesucht hatte. Jeder kennt den 23. Psalm: *Der Herr ist mein Hirte, mir wird nichts mangeln.* Aber ich wollte auch die anderen lesen, da ja keiner wichtiger zu sein vorgab als ein anderer. Nach einer Stunde kam ich zu einer Passage, die unterstrichen war. Ich nahm an, daß Jamie sie sich angestrichen hatte, weil sie eine Bedeutung darin sah. Das war der Text:

Wenn ich rufe zu Dir, Herr, mein Hort, so schweige mir nicht, auf daß nicht, wo Du schweigst, ich gleich werde denen, die in die Grube fahren.

Höre die Stimme meines Flehens, wenn ich zu Dir schreie, wenn ich meine Hände aufhebe zu Deinem heiligen Chor.

Mit Tränen in den Augen klappte ich die Bibel zu. Ich konnte den Psalm nicht zu Ende lesen.

Irgendwie wußte ich, daß sie die Stelle für mich unterstrichen hatte.

»Ich weiß nicht, was ich tun soll«, sagte ich, den Blick stumpf auf das gedämpfte Licht der Schlafzimmerlampe gerichtet. Meine Mom und ich saßen nebeneinander auf dem Bett. Es war Ende Januar, der schwierigste Monat meines Lebens, und der Februar, in dem alles noch schwieriger werden würde, stand bevor.

»Ich weiß, daß es hart für dich ist«, murmelte sie, »aber es gibt nichts, was du tun könntest.«

»Ich meine nicht wegen Jamies Krankheit – ich weiß, daß ich da machtlos bin. Ich meine wegen Jamie und mir.«

Meine Mutter sah mich verständnisvoll an. Sie machte sich Sorgen wegen Jamie, aber sie machte sich auch meinetwegen Sorgen. Ich fuhr fort:

»Es fällt mir schwer, mit ihr zu sprechen. Wenn ich sie ansehe, dann geht mir immer durch den Kopf, daß ich bald nicht mehr mit ihr sprechen kann. In der Schule denke ich die ganze Zeit an sie und wünsche mir, bei ihr zu sein, aber wenn ich dann bei ihr bin, weiß ich nicht, was ich sagen soll.«

»Ich weiß nicht, ob du etwas sagen kannst, was ihr hilft.«

»Was soll ich dann tun?«

Sie sah mich traurig an und legte mir den Arm um die Schulter.

»Du liebst sie wirklich, nicht wahr?« sagte sie.

»Von ganzem Herzen.«

Sie sah so traurig aus, wie ich sie noch nie gesehen hatte. »Was befiehlt dein Herz dir?«

»Ich weiß es nicht.«

»Vielleicht kannst du nicht hören, was es dir sagt«, meinte sie sanft, »weil du zu angestrengt lauschst.«

Am nächsten Tag ging es etwas besser mit Jamie und mir, aber nicht viel. Bevor ich zu ihr ging, nahm ich mir vor, nichts zu sagen, was sie traurig machen würde. Ich wollte versuchen, so wie immer mit ihr zu sprechen, und das tat ich dann auch. Ich setzte mich bei ihr aufs Sofa und erzählte ihr von meinen Freunden und was sie machten; ich berichtete ihr von den Erfolgen des Basketball-Teams; ich erzählte ihr, daß ich immer noch nichts von der UNC gehört hatte, aber damit rechnete, bald Nachricht zu bekommen; ich sagte, ich freute mich auf die Abschlußfeier. Ich redete so, als würde sie in einer Woche wieder zur Schule kommen, und dabei klang ich die ganze Zeit angespannt. Jamie lächelte und nickte an den richtigen Stellen, ab und zu stellte sie eine Frage. Aber wir wußten beide, als ich aufgehört hatte zu reden, daß dies das letzte Mal war, daß wir uns so unterhalten hatten. Es kam uns beiden nicht richtig vor.

Mein Herz sagte genau das gleiche.

Ich nahm mir wieder die Bibel vor, in der Hoffnung, daß sie mich leiten würde.

»Wie geht es dir heute?« fragte ich ein paar Tage später.

Inzwischen war Jamie noch dünner geworden. Ihre Haut bekam einen etwas gräulichen Schimmer, und die Knochen ihrer Hand traten deutlicher hervor. Ich sah auch neue blaue Flecken. Wir saßen in ihrem Wohnzimmer. Draußen war es zu kalt für sie.

Dennoch sah sie schön aus.

»Es geht ganz gut«, sagte sie mit einem tapferen Lächeln. »Die Ärzte haben mir ein Mittel gegen die Schmerzen gegeben, das scheint ganz gut zu helfen.«

Ich kam jetzt jeden Tag. Einerseits schien die Zeit langsamer zu vergehen, andererseits raste sie.

»Kann ich dir etwas besorgen?«

»Nein, danke, ich habe alles.«

Ich ließ meinen Blick im Zimmer umherschweifen, dann sah ich Jamie an. »Ich habe in der Bibel gelesen«, sagte ich schließlich.

»Wirklich?« Ihre Augen leuchteten auf, wie damals, als sie der Engel in dem Theaterstück war. Ich konnte kaum glauben, daß seitdem erst sechs Wochen vergangen waren.

»Ich wollte, daß du es weißt.«

»Darüber freue ich mich sehr.«

»Gestern habe ich das Buch Hiob gelesen«, sagte ich, »wo Gott Hiob richtig in die Mangel nimmt, um seinen Glauben zu prüfen.«

Sie lächelte und streichelte mir über den Arm. Ihre Hand lag zart auf meiner Haut. Es fühlte sich schön an. »Du solltest was anderes lesen. Da zeigt Gott sich ja nicht von seiner besten Seite.«

»Warum hat er Hiob das angetan?«

»Ich weiß es nicht«, antwortete sie.

»Kommst du dir manchmal wie Hiob vor?«

Sie lächelte, ihre Augen funkelten. »Manchmal.«

»Aber du hast dein Gottvertrauen bisher nicht verloren?«

»Nein.« Ich wußte, daß sie an ihrem festhielt, aber ich glaube, ich war dabei, meins zu verlieren.

»Liegt es daran, daß du glaubst, du könntest wieder gesund werden?«

»Nein«, sagte sie, »es liegt daran, daß mir das als einziges bleibt.«

Von da an lasen wir zusammen in der Bibel. Irgendwie war es richtig und gut, das zu tun, aber mein Herz sagte mir trotzdem, daß da noch etwas war, was ich tun könnte.

Nachts lag ich wach und grübelte darüber nach.

Das gemeinsame Lesen in der Bibel gab uns eine Aufgabe. Plötzlich wurde es besser zwischen uns, vielleicht, weil ich nicht mehr soviel Angst hatte, sie mit einem unbedachten Wort zu kränken. Was könnte schon richtiger sein, als gemeinsam die Bibel zu lesen? Obwohl ich längst nicht soviel wußte wie sie, freute es sie offenbar, daß ich mir Mühe gab. Manchmal, wenn wir lasen, legte sie die Hand auf mein Knie und hörte mir zu, während meine Stimme den Raum erfüllte.

Dann wieder saß ich neben ihr auf dem Sofa, sah auf die Bibel und betrachtete Jamie aus dem Augenwinkel. Wenn wir zu einer schönen Stelle, einem Psalm oder gar einem Sprichwort kamen, fragte ich sie, welche Bedeutung sie darin sähe. Ich hörte mir ihre Antwort an, nickte und dachte darüber nach. Manchmal fragte sie mich nach meiner Meinung. Dann versuchte ich, so gut ich konnte, etwas dazu zu sagen, aber manchmal redete ich auch Unsinn, was sie bestimmt bemerkte. »Ist das wirklich die Bedeutung, die das für dich hat?« fragte sie. Worauf ich mich am Kinn kratzte und noch einmal nachdachte, bevor ich einen weiteren Vorstoß wagte.

Aber manchmal war es auch ihre Schuld, daß ich mich nicht konzentrieren konnte, wo doch ihre Hand dauernd auf meinem Knie lag.

An einem Freitag abend nahm ich sie mit zu mir nach Hause zum Abendessen. Meine Mutter aß mit uns und ging danach ins Fernsehzimmer, damit wir eine Weile allein sein konnten.

Ich fand es schön, so mit ihr zusammenzusitzen, und wußte, daß sie ähnlich empfand. Da sie nicht mehr viel aus dem Haus ging, hatte sie so eine kleine Abwechslung.

Seit Jamie mir von ihrer Krankheit erzählt hatte, trug sie ihr Haar nicht mehr im Knoten. Jedesmal, wenn ich sie mit offenem Haar sah, war ich genauso ergriffen wie beim ersten Mal. Sie betrachtete den Inhalt der Glasvitrine – meine Mom hatte eine von denen mit Innenbeleuchtung –, als ich über den Tisch hinweg ihre Hand nahm.

»Danke, daß du heute abend gekommen bist«, sagte ich.

Sie wandte sich zu mir um. »Danke, daß du mich eingeladen hast.«

Nach einer Weile fragte ich: »Wie geht es deinem Vater?«

Jamie seufzte. »Nicht besonders gut. Ich mache mir große Sorgen um ihn.«

»Er hat dich sehr lieb, das weißt du.«

»Ja.«

»Ich dich auch«, sagte ich, worauf sie den Blick abwandte. Es schien ihr angst zu machen, das zu hören.

»Kommst du auch weiterhin zu mir nach Hause?« fragte sie. »Ich meine, auch später, wenn...?«

Ich drückte ihr die Hand, nicht fest, nur so, daß sie wußte, daß ich es aufrichtig meinte.

»Solange du möchtest, daß ich komme, komme ich auch.«

»Wir brauchen nicht die Bibel zu lesen, wenn du das nicht möchtest.«

»Doch«, sagte ich, »ich glaube, wir müssen damit weitermachen.«

Sie lächelte.

»Du bist so ein guter Freund, Landon. Ich weiß nicht, was ich ohne dich täte.«

Jetzt drückte sie mir die Hand. Sie saß mir gegenüber und sah mich strahlend an.

»Ich liebe dich, Jamie«, sagte ich wieder, und diesmal war sie nicht voller Angst. Statt dessen begegneten sich unsere Blicke, und ihre Augen begannen zu strahlen. Sie seufzte und wandte den Blick ab. Dann fuhr sie sich mit der Hand durch das Haar und sah mich wieder an. Ich küßte ihr die Hand und sah ihr in die Augen.

»Ich liebe dich auch«, flüsterte sie schließlich.

Ich hatte gebetet, diese Worte hören zu dürfen.

Ich weiß nicht, ob Jamie mit ihrem Vater über ihre Gefühle für mich gesprochen hatte, aber ich glaubte es nicht, denn sein Verhalten hatte sich nicht verändert. Er hatte es sich angewöhnt, das Haus zu verlassen, wenn ich nach der Schule vorbeikam, und das tat er auch weiterhin. Jeden Tag, wenn ich an die Tür klopfte, hörte ich, wie Hegbert Jamie erklärte, daß er jetzt gehen und in zwei Stunden zurück sein würde. »Ist gut, Daddy«, hörte ich sie jedesmal sagen, dann wartete ich, daß Hegbert die Tür aufmachte. Wenn er mich eingelassen hatte, holte er Mantel und Hut aus dem Garderobenschrank, zog sich an und knöpfte den Mantel ganz zu, bevor er ging. Er hatte einen altmodischen Mantel, einen langen, schwarzen Trenchcoat ohne Reißverschlüsse, wie sie früher modern waren. Er sprach selten direkt mit mir, sogar nachdem er erfahren hatte, daß Jamie und ich zusammen die Bibel lasen.

Obwohl er eigentlich nicht wollte, daß ich in seiner Abwesenheit im Haus war, ließ er es dennoch widerwillig zu, damit Jamie sich auf der Veranda nicht erkältete. Die einzige Alternative war, daß er zu Hause blieb, während ich da war. Aber ich glaube, Hegbert brauchte auch Zeit für sich, und deswegen kam es zu dieser Veränderung. Er erklärte mir nicht die Hausregeln – sie standen in seinen Augen geschrieben, als er mir das erste Mal erlaubte zu bleiben. Ich durfte mich im Wohnzimmer aufhalten, und das war's.

Jamie konnte sich noch gut bewegen, doch der Winter war kalt und ungemütlich. Im Januar wehte neun Tage lang ein eisiger Wind, danach setzten schwere Regenfälle ein, die drei Tage andauerten. Bei diesem Wetter wollte Jamie das Haus gar nicht verlassen, aber manchmal, wenn Hegbert gegangen war, standen wir für ein paar Minuten an der Tür, um die frische Meeresbrise einzuatmen. Immer, wenn wir da standen, machte ich mir Sorgen um sie.

Mindestens dreimal am Tag klopften Besucher an, während wir die Bibel lasen. Oft kamen Nachbarn vorbei; manche brachten etwas zu essen, andere wollten nur hallo sagen. Sogar Eric und Margaret machten einen Besuch. Jamie ließ sie herein, obwohl sie es eigentlich nicht durfte, und wir saßen im Wohnzimmer beisammen und unterhielten uns eine Weile. Die beiden konnten Jamie nicht in die Augen sehen.

Sie waren nervös und brauchten eine Weile, um zu dem Grund ihres Besuches vorzustoßen. Eric wollte sich bei Jamie entschuldigen, sagte er und fügte hinzu, daß es ihm nicht in den Kopf wolle, warum all dies ausgerechnet Jamie passierte. Er hatte ihr auch etwas mitgebracht und legte mit zitternder Hand einen Umschlag auf den Tisch. Er sprach mit tränenerstickter Stimme. Noch nie hatte ich ihn so aufgewühlt gesehen.

»Du bist so großherzig und so freundlich«, sagte er mit unsicherer Stimme. »Ich habe das einfach hingenommen und war nicht immer nett zu dir, aber ich wollte dir sagen, was ich denke. Ich bin unendlich traurig, daß du so krank bist.« Er hielt inne und wischte sich die Augenwinkel trocken. »Du bist der beste Mensch, den ich kenne.«

Während er seine Tränen zurückzuhalten versuchte und schniefte, hatte Margaret sich den ihren hingegeben. Sie saß schluchzend auf der Couch und brachte kein Wort heraus. Als Eric zu Ende gesprochen hatte, trocknete sich Jamie ihre Tränen und stand auf. Mit einem Lächeln öffnete sie in einer Geste der Vergebung – anders kann man es nicht nennen – die Arme. Eric ließ sich von ihr in den Arm nehmen und weinte, während Jamie ihm über den Kopf streichelte und leise auf ihn einsprach. Die beiden hielten sich lange so umschlungen, und Eric weinte, bis er ganz erschöpft war.

Dann kam Margaret an die Reihe, und Jamie und sie machten genau das gleiche.

Als Eric und Margaret sich die Jacken anzogen und gehen wollten, sahen sie Jamie noch einmal an, als wollten sie sie für immer im Gedächtnis festhalten. Ich bezweifelte nicht, daß sie Jamie so in Erinnerung behalten wollten, wie sie in dem Moment aussah. In meinen Augen war sie schön, und ich glaube, in ihren auch.

»Mach's gut«, sagte Eric auf dem Weg zur Tür, »ich werde für dich beten, wie die anderen auch.« Dann sah er mich an und klopfte mir auf die Schulter. »Und du auch«, sagte er mit roten Augen. Als sie gingen, war ich so stolz auf sie wie nie zuvor.

Als wir später den Umschlag aufmachten, sahen wir, was Eric getan hatte. Ohne uns einzuweihen, hatte er vierhundert Dollar für das Waisenhaus gesammelt.

Ich wartete auf das Wunder.

Es war noch nicht eingetreten.

Anfang Februar wurde die Dosis der Schmerzmittel, die Jamie nahm, erhöht, weil die Schmerzen stärker wurden. Das jedoch verursachte ihr Schwindelgefühle, so daß sie zweimal auf dem Weg zum Badezimmer stürzte und einmal mit dem Kopf ans Waschbecken schlug. Danach bestand sie darauf, daß die Ärzte die Dosis wieder reduzierten, was sie widerstrebend auch taten. Obwohl Jamie danach gehen konnte, ohne daß ihr schwindlig wurde, hatte sie jetzt stärkere Schmerzen. Manchmal verzog sie schmerzvoll das Gesicht, wenn sie nur den Arm hob. Leukämie ist eine Krankheit, die sich im Blut ausbreitet, und zwar überall im Körper. Man ist ihr ausgeliefert, solange das Herz schlägt.

Die Krankheit schwächte den ganzen Körper, auch die Muskeln, so daß schon die einfachsten Dinge schwierig wurden. In der ersten Februarwoche nahm sie sechs Pfund ab, und schon bald fiel es ihr schwer, längere Strecken zu gehen. Auch kürzere Wege konnte sie nur bewältigen, wenn die Schmerzen nicht zu stark waren, aber die wurden immer schlimmer. Bald erhöhte sie wieder die Dosis der Schmerzmittel und nahm die Schwindelgefühle in Kauf.

Immer noch lasen wir zusammen die Bibel.

Jedesmal, wenn ich Jamie besuchte, saß sie auf dem Sofa und hatte die Bibel schon aufgeschlagen. Ich wußte, daß ihr Vater sie bald zum Sofa würde tragen müssen, wenn wir weiterhin zusammen lesen wollten. Obwohl sie nie etwas darüber sagte, wußten wir beide, was das bedeutete.

Mir lief die Zeit davon, und mein Herz erinnerte mich immer wieder daran, daß es noch etwas gab, was ich tun konnte.

Am vierzehnten Februar, am Valentinstag, suchte Jamie eine Stelle aus dem Brief an die Korinther aus, die ihr sehr wichtig war. Sie sagte, wenn es je dazu kommen sollte, dann wollte sie, daß dieser Abschnitt bei ihrer Hochzeit gelesen würde. Das ist der Wortlaut:

Die Liebe ist langmütig und freundlich, die Liebe eifert nicht, die Liebe treibt nicht Mutwillen, sie blähet sich nicht, sie stellet sich nicht ungebärdig, sie suchet nicht das ihre, sie läßt sich nicht erbittern, sie rechnet das Böse nicht zu, sie freuet sich nicht der Ungerechtigkeit, sie freuet sich aber der Wahrheit; sie verträgt alles, sie glaubet alles, sie hoffet alles, sie duldet alles.

Jamie war die wahrhaftige Verkörperung dieser Beschreibung.

Drei Tage später, als es plötzlich warm wurde, wie das manchmal der Fall ist in Beaufort, zeigte ich ihr etwas ganz besonders Schönes. Ich war mir sicher, daß sie es noch nie gesehen hatte und daß es ihr gefallen würde.

Der Osten von North Carolina ist landschaftlich von besonderem Reiz, wozu das milde Klima und die geographischen Gegebenheiten nicht unerheblich beitragen. Ein gutes Beispiel dafür ist Bogue Banks, eine Insel unmittelbar vor der Küste, nicht weit von dem Ort, in dem wir aufwuchsen. Die Insel ist zwanzig Meilen lang und fast eine Meile breit und erstreckt sich von Ost nach West entlang der Küste. Die Menschen, die dort leben, können jeden Tag atemberaubende Sonnenauf- und -untergänge über der mächtigen Weite des Atlantischen Ozeans sehen.

Jamie stand dick eingepackt neben mir an dem eisernen Landesteg für Dampfer, als sich der Abend in seiner Vollkommenheit senkte. Ich deutete in die Ferne und sagte, sie solle ein bißchen warten. Ich sah die Nebelwölkchen unseres Atems: zwei von ihr und eins von mir in der gleichen Zeit. Ich stützte Jamie, während wir dastanden – sie schien leichter als die Blätter, die im Herbst von den Bäumen fallen –, aber ich wußte, daß es das wert war.

Allmählich begann der leuchtende Mond aus dem Meer zu steigen und Lichtprismen über das dunkler werdende Wasser zu werfen, die in tausend Teilchen zerstoben, eins schöner als das andere. Zur gleichen Zeit berührte die Sonne den Horizont auf der anderen Seite und erleuchtete den Himmel rot und orange und gelb, als hätte sich über ihr die Himmelspforte geöffnet und sich all die dort verborgene Schönheit einen Weg daraus gebahnt. Der

Ozean funkelte silbrig-golden in der Reflexion der sich verändernden Farben, das Wasser glänzte und glitzerte im Licht – es war ein großartiger Anblick, wie der Anfang der Zeit. Die Sonne sank tiefer und tiefer und schickte ihre Strahlen, soweit das Auge reichte, bevor sie schließlich langsam in den Wellen versank. Der Mond stieg langsam weiter und schimmerte in tausend Gelbtönen. Er wurde blasser und blasser, bis er endlich die Farbe der Sterne hatte.

Jamie sah schweigend zu, mein Arm war fest um ihre Mitte geschlungen, ihr Atem ging flach. Als der Himmel nachtschwarz wurde und die ersten funkelnden Sterne am fernen südlichen Firmament erschienen, nahm ich sie in meine Arme. Ich küßte sie sanft auf die Wangen und dann auf den Mund.

»Genauso«, sagte ich, »sind auch meine Gefühle für dich.«

Eine Woche später mußte Jamie häufiger ins Krankenhaus, wobei sie darauf bestand, nicht über Nacht dort zu bleiben. »Ich will zu Hause sterben«, erklärte sie nüchtern. Da die Ärzte nichts für sie tun konnten, blieb ihnen nichts anderes übrig, als Jamies Wunsch zu akzeptieren.

Wenigstens zu diesem Zeitpunkt noch.

»Ich habe über die vergangenen Monate nachgedacht«, sagte ich zu ihr.

Wir saßen im Wohnzimmer und hielten uns an den Händen, während wir die Bibel lasen. Ihr Gesicht wurde schmäler, ihr Haar verlor seinen Glanz, aber ihre Augen, diese sanften blauen Augen, waren so schön wie eh und je.

Ich glaube nicht, daß ich je einen schöneren Menschen gesehen hatte.

»Ich habe auch darüber nachgedacht«, erwiderte sie.

»Du wußtest vom ersten Tag an in Miss Garbers Kurs, daß ich in dem Stück mitspielen würde. Als du mich angesehen und gelächelt hast. Stimmt's.«

Sie nickte. »Das stimmt.«

»Und als ich dich zum Schulball einlud, hast du mir das Versprechen abgenommen, daß ich mich nicht in dich verliebe, aber du wußtest, daß ich es tun würde, richtig?«

Sie hatte ein verschmitztes Leuchten in den Augen. »Ja.«

»Wie konntest du das wissen?«

Sie zuckte die Schultern und sagte nichts. Eine Weile lang saßen wir still da und sahen zu, wie der Regen gegen die Fenster peitschte.

»Als ich dir gesagt habe, daß ich für dich bete«, sagte sie schließlich zu mir, »was habe ich wohl damit gemeint?«

Als der März kam, wurde Jamie immer hinfälliger. Je mehr Schmerzmittel sie nahm, desto weniger konnte sie essen, weil ihr ständig übel war. Als sie zunehmend schwächer wurde, sah es so aus, als würde sie doch, auch gegen ihren Willen, ins Krankenhaus gehen müssen.

Meine Eltern sorgten dafür, daß es nicht dazu kam.

Mein Vater war eilig aus Washington angereist, obwohl es mitten in der Legislaturperiode war. Offenbar hatte meine Mutter ihn angerufen und ihm erklärt, wenn er nicht umgehend nach Hause käme, dann könnte er ebensogut für immer in Washington bleiben.

Als meine Mutter ihm schilderte, wie es um Jamie stand, wandte mein Vater ein, daß Hegbert niemals Hilfe von ihm annehmen würde, daß die Wunden zu tief gingen und es jetzt zu spät sei, sie zu heilen.

»Hier geht es nicht um deine Familie oder um Pfarrer Sullivan oder um das, was früher passiert ist«, wies sie seine Antwort zurück. »Hier geht es um unseren Sohn, der sich in das Mädchen verliebt hat, das unsere Hilfe braucht. Und du wirst einen Weg finden, wie wir ihr helfen können.«

Ich weiß nicht, was mein Vater Hegbert erzählte oder welche Versprechungen er machen mußte oder wieviel alles kostete. Ich weiß nur, daß Jamie bald darauf teure Apparate zur Verfügung hatte, daß sie alle Medikamente bekam, die sie brauchte, und daß zwei Krankenschwestern ihre Pflege übernahmen und ein Arzt mehrmals am Tag vorbeischaute.

So konnte Jamie zu Hause bleiben.

An dem Abend weinte ich zum ersten Mal in meinem Leben an der Schulter meines Vaters.

»Gibt es Dinge, die du bedauerst?« fragte ich Jamie. Sie lag im Bett, über einen Tropf bekam sie die notwendigen Medikamente. Ihr Gesicht war weiß, ihr Körper hatte das Gewicht einer Feder. Sie konnte kaum noch laufen, und wenn, dann mußte jemand sie stützen.

»Wir bedauern alle etwas, Landon«, sagte sie, »aber ich hatte ein sehr schönes Leben.«

»Wie kannst du das sagen?« rief ich aus. Ich konnte meinen Kummer nicht verbergen. »Wo du soviel durchmachen mußt!«

Sie drückte schwach meine Hand und lächelte mich zärtlich an.

»Das hier«, gab sie zu, als sie im Zimmer herumblickte, »könnte besser sein.«

Trotz meiner Tränen mußte ich lachen, aber sofort hatte ich ein schlechtes Gewissen. Eigentlich sollte ich ihr eine Stütze sein, nicht umgekehrt. Jamie sprach weiter.

»Aber abgesehen davon war ich glücklich, Landon. Wirklich. Ich habe einen Vater, der ein ganz besonderer Mensch ist und mir Gott nahegebracht hat. Wenn ich zurückschaue, weiß ich, daß ich den Menschen nicht mehr hätte helfen können, als ich es getan habe.« Sie machte eine Pause und sah mir in die Augen. »Ich bin sogar verliebt und werde geliebt.«

Als sie das sagte, küßte ich ihre Hand und hob sie an meine Wange.

»Es ist ungerecht«, sagte ich.

Darauf schwieg sie.

»Hast du immer noch Angst?« fragte ich sie.

»Ja.«

»Ich auch.«

»Ich weiß. Es tut mir leid.«

»Was kann ich bloß tun?« fragte ich voller Verzweiflung. »Ich weiß nicht mehr, was ich tun soll.«

»Liest du mir was vor?«

Ich nickte, obwohl ich nicht wußte, ob ich eine Seite schaffen würde, ohne loszuweinen.

Bitte, lieber Gott, sag mir, was ich tun kann!

»Mom?« sagte ich am selben Abend.

»Ja?« Wir saßen im Wohnzimmer auf dem Sofa vor dem prasselnden Kaminfeuer. Am Nachmittag war Jamie beim Vorlesen eingeschlafen. Ich wußte, daß sie viel Ruhe brauchte, und stahl mich davon, nicht ohne ihr zuvor einen Kuß auf die Wange gegeben zu haben. Es war harmlos, aber in dem Moment kam Hegbert ins Zimmer. In seinen Augen standen die miteinander kämpfenden Gefühle, denn er wußte, daß ich seine Tochter liebte, dennoch hatte ich gegen eine seiner Hausregeln verstoßen, auch wenn es eine unausgesprochene war. Wenn Jamie gesund gewesen wäre, hätte er mich nie wieder ins Haus gelassen. So ging ich einfach stillschweigend davon.

Ich konnte ihm keinen Vorwurf machen. Die Zeit, die ich mit Jamie verbrachte, nahm soviel meiner Energie in Anspruch, daß ich zu erschöpft war, um von seinem Verhalten betroffen zu sein. Wenn Jamie mich in den letzten Monaten etwas gelehrt hatte, dann dies: daß man andere Menschen nach ihren Taten, nicht nach ihren Gedanken oder Absichten beurteilen sollte, und ich wußte, daß Hegbert mich am Tag danach wieder einlassen würde. All dies ging mir durch den Kopf, als ich neben meiner Mutter auf dem Sofa saß.

»Glaubst du, daß unser Leben ein Ziel hat?« fragte ich.

Es war das erste Mal, daß ich ihr eine solche Frage stellte, aber dies waren außerordentliche Zeiten.

»Ich bin mir nicht sicher, ob ich deine Frage richtig verstehe«, sagte sie mit gerunzelter Stirn.

»Ich meine – woher weißt du, was du tun mußt?«

»Fragst du mich nach deinen Nachmittagen mit Jamie?«

Ich nickte, war aber verwirrt.

»Gewissermaßen, ja. Ich weiß, daß es richtig ist, aber ... es fehlt etwas. Ich bin bei ihr, wir sprechen und lesen die Bibel, aber ...«

Ich brach ab, und meine Mutter setzte den Gedanken für mich fort.

»Du meinst, du solltest mehr für sie tun?«

Ich nickte.

»Ich glaube nicht, daß du mehr tun *kannst*, mein Herz«, sagte sie sanft.

»Warum habe ich dann dieses Gefühl?«

Sie rückte etwas näher an mich heran. Gemeinsam sahen wir den Flammen zu.

»Ich glaube, es liegt daran, daß du Angst hast und dich ganz hilflos fühlst, und obwohl du dir Mühe gibst, wird es immer schwieriger – für euch beide. Und je mehr Mühe du dir gibst, desto hoffnungsloser erscheint dir alles.«

»Was kann ich tun, damit dieses Gefühl aufhört?«

Sie legte ihren Arm um mich und zog mich zu sich heran. »Nichts«, antwortete sie, »es gibt nichts.«

Am nächsten Tag war Jamie zu schwach, um aufzustehen. Zu schwach, um zu gehen, selbst wenn sie gestützt wurde. Wir lasen die Bibel in ihrem Zimmer.

Es verging eine weitere Woche, in der es Jamie immer schlechter ging und sie zusehends schwächer wurde. Bettlägrig, wie sie jetzt war, sah sie kleiner aus, fast wie ein kleines Mädchen.

»Jamie«, flehte ich sie an, »was kann ich für dich tun?«

Jamie, meine süße Jamie, schlief viele Stunden lang, auch wenn ich bei ihr war. Sie rührte sich nicht bei dem Ton meiner Stimme, ihr Atem ging hastig und flach.

Lange saß ich an ihrem Bett und sah sie an. Ich dachte daran, wie sehr ich sie liebte. Ich nahm ihre Hand – ihre Finger waren ganz knochig – und hielt sie an mein Herz. Am liebsten hätte ich auf der Stelle geweint, doch statt dessen legte ich ihre Hand wieder auf die Decke und sah aus dem Fenster.

Warum war meine Welt plötzlich so aus den Fugen geraten? fragte ich mich. Warum war all dies ihr geschehen? Gab es eine Lehre in dem, was geschah? War es alles, wie Jamie sagte, Teil der göttlichen Vorsehung? Hatte Gott es gewollt, daß ich mich in Jamie verliebte? Oder war das meine eigene Willensentscheidung? Je länger Jamie schlief, desto klarer spürte ich ihre Anwesenheit, aber die Antworten auf diese Fragen waren nicht klarer als vorher.

Draußen hörte der morgendliche Regen auf. Es war ein düsterer Vormittag gewesen, aber jetzt brach die Nachmittagssonne durch die Wolken. In der frischen Frühlingsluft sah ich die ersten Zeichen dafür, daß die Natur wieder erwachte. Die Bäume zeigten ein zartes Grün, die Blätter warteten nur auf den richtigen Moment, sich zu entfalten und einen neuen Sommer einzuleiten.

Auf dem Nachttisch waren die Dinge, die Jamie am Herzen lagen. Unter anderem standen da zwei Photographien von ihrem Vater. Auf dem einen Bild hält er Jamie als kleines Kind auf dem Arm, auf dem anderen stehen sie an Jamies erstem Schultag vor der Schule. Daneben lagen einige Karten, die von den

Kindern im Waisenhaus geschickt worden waren. Seufzend nahm ich mir die oberste Karte. Mit Bleistift geschrieben stand da einfach:

Bitte werde bald gesund. Ich vermisse dich.

Es war von Lydia unterschrieben, dem Mädchen, das Weihnachten auf Jamies Schoß eingeschlafen war. Die zweite Karte sagte mehr oder weniger das gleiche, aber was mir besonders ins Auge stach, war das Bild, das der kleine Junge, Roger, gemalt hatte. Es zeigte einen Vogel, der sich über einem Regenbogen in die Lüfte erhebt.

Meine Kehle war wie zugeschnürt, als ich die Karte zuklappte. Ich konnte mir die anderen Karten nicht ansehen, und als ich sie wieder auf den Nachttisch legte, bemerkte ich einen Zeitungsausschnitt neben dem Wasserglas. Ich nahm ihn zur Hand. Es war die Besprechung des Theaterstücks, die in der Sonntagszeitung nach der Aufführung erschienen war. Das Photo über dem Text war das einzige Bild, das je von uns beiden gemacht worden war.

Es schien sehr lange her. Ich sah mir das Bild genauer an und erinnerte mich wieder an mein Gefühl, als ich Jamie auf der Bühne sah. Ich betrachtete ihr Bild intensiv und suchte nach Anzeichen, daß sie den Fortgang der Dinge erahnte. Natürlich wußte sie es, aber ihr Gesichtsausdruck an jenem Abend gab nichts davon preis. Ich sah nur strahlendes Glück. Nach einer Weile seufzte ich und legte das Blatt wieder hin.

Die Bibel lag an der Stelle aufgeschlagen, wo wir aufgehört hatten zu lesen. Obwohl Jamie schlief, wollte ich weiterlesen. Dies waren die Worte, die ich fand:

Ich meine das nicht als strenge Weisung, aber ich gebe euch Gelegenheit, angesichts des Eifers anderer, auch eure Liebe als echt zu erweisen.

Die Worte schnürten mir die Kehle zu, aber als ich mich gerade meinen Tränen hingeben wollte, erschloß sich mir die Bedeutung plötzlich in leuchtender Klarheit.

Gott hatte mir endlich seine Antwort gegeben. Jetzt wußte ich, was ich zu tun hatte.

Auch mit einem Auto wäre ich nicht schneller zur Kirche gelangt. Ich nahm jede Abkürzung, die sich mir bot, sprang durch Gärten und über Zäune und schlüpfte sogar in eine Garage und zur Seitentür wieder hinaus. Alles, was ich seit meiner Kindheit über die Stadt gelernt hatte, kam mir an dem Tag zugute, und obwohl ich nie besonders sportlich war, konnte mich nichts aufhalten, ich wurde angetrieben von dem, was ich zu tun hatte.

Mir war es ganz gleichgültig, wie ich aussah, als ich ankam, weil ich vermutete, daß es auch Hegbert nicht interessieren würde. Als ich die Kirche betrat, ging ich langsamer und versuchte, auf dem Weg zu seinem Büro am Ende des Kirchenschiffs wieder zu Atem zu kommen.

Als ich eintrat, hob Hegbert den Kopf. Ich wußte, warum er da war. Er bat mich nicht herein, sondern wandte den Blick wieder ab und sah aus dem Fenster. Im Haus versuchte er, mit Jamies Krankheit zurechtzukommen, indem er wie besessen saubermachte. Aber hier waren Blätter über den ganzen Schreibtisch verstreut, überall lagen Bücher herum, als hätte seit Wochen niemand aufgeräumt. Ich wußte, daß Hegbert hier über Jamie nachsann, daß er hier weinte.

»Herr Pfarrer?« sagte ich leise.

Er antwortete nicht, aber ich kam trotzdem näher.

»Ich möchte allein sein«, sagte er mit krächzender Stimme.

Er sah alt und mutlos aus, so niedergeschlagen wie die Israeliten in Davids Psalmen. Seit Weihnachten war sein Gesicht hagerer geworden, sein Haar schütterer. Mehr noch als ich gab er sich Mühe, vor Jamie seinen Kummer zu verbergen, und die Anstrengungen hinterließen ihre Spuren.

Ich trat vor seinen Schreibtisch, doch er sah mich nur kurz an und wandte den Blick wieder zum Fenster.

»Bitte«, sagte er flehentlich, als hätte er nicht die Kraft, sich mit mir zu streiten.

»Ich möchte mit Ihnen sprechen«, sagte ich fest. »Ich würde Sie nicht darum bitten, wenn es nicht sehr wichtig wäre.«

Hegbert seufzte, darauf setzte ich mich auf denselben Stuhl, auf dem ich gesessen hatte, als ich ihn um Erlaubnis bat, Jamie am Silvesterabend ausführen zu dürfen.

Er hörte zu, während ich ihm meine Gedanken darlegte.

Als ich fertig war, sah er mich an. Ich weiß nicht, was er dachte, aber zum Glück sagte er nicht nein. Statt dessen rieb er sich die Augen mit den Fingern und sah zum Fenster hinaus.

Ich glaube, selbst er war zu erschüttert, um zu sprechen.

Und wieder lief ich und wurde nicht müde, denn mein Vorhaben gab mir die Kraft weiterzumachen. Als ich bei Jamie ankam, rannte ich einfach ins Haus, ohne vorher anzuklopfen. Die Krankenschwester kam aus dem Schlafzimmer, um zu sehen, was diesen Lärm verursachte. Bevor sie etwas sagen konnte, sprach ich.

»Ist sie wach?« fragte ich, voller Euphorie und Furcht zugleich.

»Ja«, antwortete die Krankenschwester verhalten, »als sie aufwachte, wollte sie wissen, wo Sie sind.«

Ich entschuldigte mich für mein unordentliches Aussehen und dankte ihr, dann bat ich sie, uns einen Moment allein zu lassen. Ich ging in Jamies Zimmer und zog die Tür hinter mir zu. Sie war blaß, unglaublich blaß, aber ihr Lächeln zeigte mir, daß sie den Kampf noch nicht aufgegeben hatte.

»Hallo, Landon«, sagte sie mit schwacher Stimme, »danke, daß du noch einmal gekommen bist.«

Ich zog einen Stuhl heran, setzte mich an ihr Bett und nahm ihre Hand in meine. Als ich sie so daliegen sah, krampfte sich mir der Magen zusammen. Am liebsten hätte ich geweint.

»Ich war schon einmal hier, aber du hast geschlafen«, entgegnete ich sanft.

»Ich weiß... es tut mir leid. Ich kann gar nichts dagegen tun.«

»Das macht doch nichts, wirklich nicht.«

Sie hob ihre Hand ein wenig von der Decke, und ich küßte sie, dann lehnte ich mich vor und küßte ihr die Wange.

»Liebst du mich?« fragte ich sie.

Sie lächelte. »Ja.«

»Möchtest du, daß ich glücklich bin?« Als ich die Frage stellte, fing mein Herz an zu rasen.

»Ja, natürlich möchte ich das.«

»Bist du bereit, etwas für mich zu tun?«

Sie wandte den Blick ab, Trauer verdunkelte ihre Augen. »Ich weiß nicht, ob ich das noch kann«, sagte sie.

»Aber wenn du es könntest, würdest du es dann tun?«

Es ist mir nicht möglich, die Intensität der Gefühle, die mich in dem Moment bewegten, zu beschreiben. Liebe, Wut, Trauer, Hoffnung und Angst wirbelten durcheinander und wurden durch meine Nervosität noch verstärkt. Jamie sah mich fragend an, während mein Atem schneller ging. Plötzlich wußte ich ganz genau, daß ich nie tiefere Gefühle für einen Menschen gehabt hatte als in diesem Moment. Als ich ihren Blick erwiderte, wünschte ich mir zum millionsten Mal, daß ich ihre Krankheit wegzaubern könnte. Ich hätte mein Leben für ihres gegeben. Ich wollte sie teilhaben lassen an meinen Gedanken, als ihre Stimme plötzlich den Gefühlsaufruhr in mir zum Verstummen brachte.

»Ja«, sagte sie. Ihre Stimme war schwach, aber immer noch voller Versprechen. »Ich würde es tun.«

Ich gewann die Beherrschung über mich zurück und küßte ihre Wange noch einmal. Dann legte ich meine Hand an ihr Gesicht und streichelte es mit den Fingern. Ich bewunderte die Sanftheit ihrer Haut, die Zärtlichkeit in ihren Augen. Auch jetzt war sie vollkommen.

Es schnürte mir die Kehle zu, aber wie gesagt, ich wußte, was ich zu tun hatte. Da es nicht in meiner Macht stand, sie zu heilen, wollte ich ihr etwas schenken, was sie sich immer gewünscht hatte.

Das war es, was mein Herz mir schon die ganze Zeit befohlen hatte.

Jamie, das begriff ich jetzt, hatte mir schon die Antwort gegeben, die ich gesucht hatte, die Antwort, die mein Herz finden mußte. Sie hatte sie mir an dem Abend gegeben, als wir vor Mr. Jenkins' Büro warteten, um ihn wegen des Theaterstücks zu sprechen.

Ich lächelte, und zur Antwort drückte sie mir leicht die Hand, als würde sie mir in dem, was ich vorhatte, vertrauen. Ich fühlte mich ermutigt, beugte mich weiter vor und atmete tief ein. Als mein Atem meiner Brust entströmte, schwangen die folgenden Worte auf ihm mit:

»Willst du mich heiraten?«

Kapitel 13

Als ich siebzehn war, veränderte sich mein Leben für immer.

Während ich vierzig Jahre später durch die Straßen von Beaufort gehe und an dieses Jahr meines Lebens zurückdenke, erinnere ich mich an alles so klar, als würde es sich vor meinen Augen abspielen.

Ich erinnere mich, daß Jamie auf meine gehauchte Frage hin ja sagte und wir beide anfingen zu weinen. Ich erinnere mich daran, daß ich sowohl mit Hegbert als auch mit meinen Eltern sprach und ihnen erklärte, was ich tun mußte. Sie dachten, ich wollte es nur Jamies wegen tun, und versuchten, mir mein Vorhaben auszureden, besonders, als sie merkten, daß Jamie ja gesagt hatte. Was sie nicht verstanden und was ich ihnen deshalb erklären mußte, war die Tatsache, daß ich es auch meinetwegen tun mußte.

Ich liebte sie, liebte sie so sehr, daß es mir gleichgültig war, daß sie krank war. Es war mir gleichgültig, daß uns nicht viel Zeit blieb. Nichts dergleichen kümmerte mich. Für mich war es nur wichtig, das zu tun, von dem mein Herz von Anfang an gewußt hatte, daß es das Richtige war. Ich hatte das Gefühl, daß Gott zum ersten Mal in meinem Leben direkt zu mir gesprochen hatte, und es stand für mich fest, daß ich auf keinen Fall ungehorsam sein wollte.

Ich weiß, daß sich manchem die Frage stellt, ob ich es aus Mitleid tun wollte. Die Zyniker könnten sogar darüber spekulieren, daß ich, da Jamie sowieso bald sterben würde, keine allzu große Verpflichtung einging. Die Antwort auf beide Vermutungen ist nein. Ich hätte Jamie Sullivan auf jeden Fall geheiratet, ganz gleich, was in der Zukunft geschehen wäre. Das war mir in dem Moment, als ich sie fragte, genauso klar wie heute.

Jamie war nicht nur die Frau, die ich liebte. In dem Jahr half Jamie mir, zu dem Mann zu werden, der ich heute bin. Mit ihrer beständigen Art zeigte sie mir, wie wichtig es ist, anderen zu helfen; mit ihrer Geduld und Freundlichkeit zeigte sie mir, worum es im Leben eigentlich geht. Ihre Fröhlichkeit und ihr Optimismus, selbst in der Zeit ihrer Krankheit, waren das Erstaunlichste, was ich je erlebt hatte.

Hegbert traute uns in der Baptistenkirche, mein Vater stand neben mir als Trauzeuge. Das war auch Jamies Werk. Im Süden ist es Tradition, daß der Mann seinen Vater als Trauzeugen an seiner Seite hat, aber diese Tradition hätte für mich ohne Jamie keine besondere Bedeutung gehabt. Jamie hatte mich und meinen Vater wieder zusammengebracht; und es war ihr auch gelungen, einige der Wunden zwischen unseren Familien zu heilen. Nachdem ich erfahren hatte, was mein Vater für mich und Jamie getan hatte, wußte ich, daß er letztendlich jemand war, auf den ich immer zählen konnte, und bis zu seinem Tode wurde unser Verhältnis stetig besser.

Jamie zeigte mir auch die Macht der Vergebung und lehrte mich, welche Verwandlungen sie bewirken kann. Mir wurde das an dem Tag bewußt, als Eric und Margaret zu ihr gekommen waren. Jamie hegte keinen Groll, Jamie führte ein Leben, wie es die Bibel vorschrieb.

Jamie war nicht nur der Engel, der Tom Thornton rettete, sie war auch der Engel, der uns alle rettete.

Die Kirche war zum Bersten voll, so wie Jamie es sich gewünscht hatte. Zweihundert Menschen saßen in den Bänken, und mehr als zweihundert standen draußen, als wir am 12. März 1959 getraut wurden. Wegen der knappen Vorbereitungszeit gab es kein Fest. Die Menschen unterbrachen einfach ihr Tagewerk und feierten mit uns, indem sie der Trauung beiwohnten. Ich sah alle, die ich kannte – Miss Garber, Eric, Margaret, Eddie, Sally, Carey, Angela, sogar Lew und seine Großmutter –, und kein Auge blieb trocken, als die Orgel zu spielen begann. Obwohl Jamie sehr geschwächt war und seit zwei Wochen das Bett nicht verlassen hatte, bestand sie darauf, den Mittelgang entlangzuschreiten, damit ihr Vater sie dem Bräutigam übergeben konnte. »Das ist sehr wichtig für mich, Landon«, sagte sie. »Es kommt auch in meinem Traum vor, weißt du noch?« Ich dachte zwar, sie würde es nicht schaffen, aber ich nickte einfach nur. Ihr Gottvertrauen erstaunte mich.

Ich wußte, daß sie das Kleid tragen wollte, in dem sie die Rolle des Engels gespielt hatte. Es war das einzige weiße Kleid, das ihr einigermaßen paßte, obwohl mir klar war, daß es nicht so gut sitzen würde wie in dem Stück. Als ich neben meinem Vater vor dem Altar stand und mir vorzustellen versuchte, wie Jamie in dem Kleid wohl aussehen mochte, legte mein Vater mir die Hand auf die Schulter.

»Ich bin stolz auf dich, mein Sohn.«
Ich nickte. »Und ich auf dich, Dad.«
Es war das erste Mal, daß ich diese Worte zu ihm gesagt hatte.

Meine Mom saß in der ersten Reihe und tupfte sich die Augen trocken, als der Hochzeitsmarsch begann. Die Tür wurde geöffnet, und ich sah Jamie im Rollstuhl, neben sich eine Krankenschwester. Mit aller Kraft, die sie noch in sich hatte, stand sie auf und hielt sich mühsam auf den Beinen, während ihr Vater sie stützte. Dann kamen Jamie und Hegbert langsam den Mittelgang entlang, während es in der Kirche ganz still wurde vor Staunen. Als Jamie auf halbem Wege plötzlich die Kraft auszugehen schien, blieben die beiden stehen, damit Jamie Luft schöpfen konnte. Einen Augenblick lang schloß sie die Augen. Ich glaubte schon, sie würde aufgeben. Ich weiß, daß kaum zehn oder zwölf Sekunden verstrichen waren, aber es schien viel länger, und schließlich nickte sie leicht. Darauf setzten Hegbert und Jamie ihren Weg fort. Mein Herz schwoll an vor Stolz.

Mein Gedanke damals war, daß dies der schwierigste Gang war, den je ein Mensch bewältigt hatte.

Ein unvergeßlicher Gang, zweifellos.

Die Krankenschwester schob den Rollstuhl nach vorn, und als Jamie und ihr Vater beim Altar ankamen, waren freudige Juchzer zu hören, dann fing die Gemeinde spontan an zu klatschen. Ich lächelte ihr zu und ließ mich auf die Knie nieder, damit ich mit ihr auf einer Höhe wäre. Auch mein Vater kniete sich hin.

Hegbert küßte Jamie und nahm seine Bibel, um mit der Zeremonie beginnen zu können. Er schien seine Rolle als Jamies Vater aufgegeben zu haben und war jetzt ganz der Pfarrer, was es ihm ermöglichte, seine Gefühle unter Kontrolle zu halten. Dennoch konnte ich seine inneren Kämpfe erahnen. Er setzte seine Brille auf und öffnete die Bibel, dann sah er Jamie und mich an. Weil er stand und wir knieten, überragte er uns turmhoch, womit er augenscheinlich nicht gerechnet hatte. So stand er sichtlich verwirrt vor uns und beschloß dann, zu unserer Überraschung, auch zu knien. Jamie lächelte, griff nach seiner freien Hand und nahm dann meine, so daß wir alle verbunden waren.

Hegbert begann mit der Zeremonie nach herkömmlicher Art und las den Abschnitt, den Jamie mir in der Bibel gezeigt hatte. Da Jamie so schwach war, dachte ich, er würde sofort zum Ehegelübde übergehen, aber Hegbert überraschte mich ein weiteres Mal. Er sah Jamie und mich an, ließ den Blick dann über die Gemeinde schweifen, sah darauf wieder zu uns, als suchte er nach den richtigen Worten.

Er räusperte sich, dann sprach er mit klarer Stimme, so daß jeder ihn hören konnte. Das waren seine Worte:

»Als Vater sollte ich meine Tochter dem Mann zur Frau geben, aber ich bin mir nicht sicher, ob ich das kann.«

Die Gemeinde saß ganz still. Hegbert nickte mir zum Zeichen, daß ich mich gedulden möge. Jamie drückte mir die Hand.

»Ich kann Jamie genausowenig fortgeben wie mein Herz. Aber ich kann einem anderen Mann gestatten, an der Freude teilzuhaben, die sie mir immer bereitet hat. Möge Gottes Segen mit euch beiden sein.«

Dann legte er die Bibel zur Seite. Er streckte mir seine Hand entgegen, ich nahm sie und schloß somit den Kreis.

So verbunden nahm er uns das Ehegelübde ab. Mein Vater gab mir den Ring für Jamie, den meine Mutter mit mir ausgesucht hatte, und meine Mutter gab mir meinen. Wir steckten sie uns an. Hegbert sah uns zu. Als wir fertig waren, erklärte er uns zu Mann und Frau. Ich küßte Jamie zart und hielt ihre Hand in meiner. Da begann meine Mutter zu weinen. Vor Gott und der ganzen Gemeinde hatte ich gelobt, Jamie zu lieben und ihr beizustehen, in Krankheit und Gesundheit, und nie hatte ich mich so gut gefühlt.

Es war der größte Augenblick in meinem Leben.

Seither sind vierzig Jahre vergangen, aber ich erinnere mich an jede Einzelheit jenes Tages. Ich mag jetzt älter und weiser sein, ich mag ein ganzes Menschenleben gelebt haben, aber ich weiß, wenn mein Ende naht, werden es die Bilder dieses Tages sein, die mir durch den Kopf ziehen werden. Ich liebe sie noch heute, und den Ring trage ich die ganze Zeit. In all den Jahren habe ich nie den Wunsch verspürt, ihn abzulegen.

Ich atme tief ein, ich rieche die frische Frühlingsluft. Beaufort hat sich verändert, und ich habe mich verändert, aber die Luft ist gleich geblieben. Es ist immer noch die Luft meiner Kindheit, die Luft meines achtzehnten Lebensjahres, und wenn ich jetzt ausatme, bin ich wieder siebenundfünfzig. Doch dagegen ist nichts einzuwenden. Ich lächle leicht und sehe zum Himmel hoch, weil ich weiß, daß ich eins noch nicht gesagt habe: Ich glaube jetzt, daß es Wunder gibt.